혼자를
지키는
삶

혼자를
지키는
삶

먹고사는 일과
나의 균형을
찾아가는
경찰 에세이

멜론
카북스

《혼자를 지키는 삶》에는 김누나(김승혜)의 일곱 해 경찰 인생이 담겼다. 엄마뻘 취객의 사랑 이야기 청취부터 들큼한 시체 썩는 냄새 추적까지……. 7년 차 경찰관 김누나는 경험하고 견뎌온 일이 참 많아 보였다. "퇴근하고 나면 모든 책임과 의무를 면하는 보통 시민이 되도록 해 주세요."라는 간절한 기도 속에서 '경찰관'이라는 직업의 무게감이 느껴졌다. 일 년 반에 걸친 김누나의 글쓰기는 시민들을 지키느라 생채기 났던 자신의 마음을 돌보는 과정이었을지도 모른다. 책 속에는 김누나로 대표되는 동시대 청년 직장인들의 삶과 고민도 담겼다. 각자가 속한 위치와 처한 상황만 다를 뿐, 결국은 우리 모두가 김누나일 것이다.

이동휘(조선일보 기자)

작가 김승혜, 내게는 약간 어색한 호칭이다. 동국대학교 전체 수석으로 입학하여 경찰행정학과를 졸업하고 여학생 5명만 선발하는 경찰간부후보생 제60기에 당당히 합격한 후 경위로 임관한 경찰 김승혜가 오히려 더 익숙하다.

책의 추천사를 부탁받고 나서야 그의 글재주가 보통 이상임을 알았다. 경찰에 입직하여 파출소와 지구대, 경찰서 수사과와 여성청소년과를 거쳐 현재 경찰청 대변인실에서 근무하고 있는 것을 보면 경찰생활 7년이 지나고 이제야 적성에 맞는 곳에 안착한 것 같기도 하다.

강력사건 담당 광역수사대의 활약을 그린 〈베테랑〉의 황정민, 〈범죄도시〉에서 중국 조선족 조폭을 검거하는 마동석, 〈악인전〉에서 경찰관으로 열연한 김무열 등 영화에서 묘사되는 모습은 실제 경찰관의 모습과는 상당히 다르다. 경찰관도 역시 울고 싶으면 울고, 화가 날 땐 화도 내고, 위험한 상황은 피하고 싶어 한다는 점에서 보통 사람과 똑같다. 국민의 안전을 최우선시하는 그들도 제복을 벗으면 우리의 친근한 이웃이라는 사실을 독자들이 알아주었으면 한다.

얼마 전 그가 석사학위 청구논문을 제출하러 온다고 해서 기다렸더니 '혼자를 지키는 삶'이란 제목으로 엮은 글을 가져왔다. 논문은 안 쓰고 엉뚱한 것을 썼구나 하는 생각이 들었지만 글을 다 읽고 나서는 내 생각도 달라졌다. 이 시대를 살아가고 있는 한 사람이자 경찰관의 눈으로 본 세상살이가 담긴 이 책이 작게나마 경찰의 위상을 높여주길 바란다. 그게 오히려 석사학위 논문보다 국민들에게 미치는 파급력은 훨씬 클지도 모르니 말이다. 작가 김승혜의 후속작을 기대하면서 경찰공무원으로도 승승장구하기 바란다.

최웅렬(동국대학교 경찰사법대학원장·경찰사법대학장)

시작하며

저의 직업에 대해 처음 쓴 글은 어느 책의 독후감이었습니다. 그 책은 한때 법조인이었던 작가가 쓴 추리 소설이었는데 읽는 내내 이런 생각이 들었습니다. '경찰을 몰라도 너무 모르네. 경찰이 어느 집 똥강아지인 줄 아나.' 주인공은 변호사였고 경찰이 그의 똘마니로 등장해서 온갖 심부름을 도맡아 했기 때문입니다. 기분이 상한 저는 여자 형사가 주인공인 이야기를 지어내 독후감이랍시고 썼습니다. 그 주인공은 배우 하정우 씨와 똑 닮은 범죄자를 마주하고도 동요하지 않았고(저라면 손을 덜덜 떨고 말도 더듬었겠죠. 하정우 씨 팬이라서요), 누구에게도 자질구레한 일을 시키지 않고 혼자서 뚝딱 사건을 해결해 냈습니다. 일종의 패러디였던 셈이지요.

그 글은 당시 참여하던 독서 모임에서 호평을 받았습니다. 추리 소설과 범죄 소설을 테마로 하는 모임이라 제가 하는 일에 관해 이야기한 적이 종종 있었지만, 제 글이 재미있다는 이야기를 듣고서야 '내가 일하며 겪은 일들이 흥미로운 글감이 될 수 있구나.' 하는 생각을 하게 되었습니다.

그런 일이 있고서 저는 가족들과 가까운 친구들에게나 들려주던 이야기들을 글로 쓰기 시작했습니다. 직업이 직업이니 만큼 일하면서 보고 겪은 사건이 모두 유쾌하고 신나기만 한 것은 아닙니다. 제가 '모범적인 공무원' 또는 '열정적인 경찰관'의 표상이 될 만한 사람도 아니고요. 그저 보고 듣고 겪은 이야기를 마음대로 풀어놓았을 뿐이지만, 작은 욕심이 있다면 이 책을 읽은 여러분들께서 경찰관이나 경찰관의 일에 대해 조금이나마 더 다정하게 바라봐 주시기를 바라는 마음입니다.

이 책은 제가 '김누나'라는 필명으로 일 년 반 동안 네이버 포스트에 연재한 '혼자를 지키는 삶' 시리즈의 글을 엮어 만들었습니다. 모두 네 개의 장으로 구성되어 있으며, 제1장은 '지역경찰관서'인 지구대와 파출소에서, 제2장은 경찰서 수사과에서, 제3장은 경찰서 여성청소년과에서 일하며 겪은 일들을 담고 있습니다. 그리고 제4장에서는 '경찰관으로서 하는 일'이 아니라 '경찰관으로 일하는 나라는 사람'에 대한 이야기가 이어집니다.

최근 인기리에 방영된 경찰 드라마를 재미있게 보신 분들이라도 이 책에 나타나는 별로 멋지지 않은 진짜 경찰관의 모습에 너무 실망하지는 않으시기를 바랍니다. 제가 경험한 사건들은 세트장에서 벌어지지 않았고, 제 이야기의 등장인물들도 조명판과 화장의 도움을 받지 못했으니까요. 이 책으로 인해 상처받을 분이 없도록 노력했습니다만 혹시나 제가 미처 마음 쓰지 못한 부분에서 상처받는 분이 계신다면 사과드리겠습니다.

지금껏 제가 이야기를 만들어 올 수 있게 도와주신 가족과 친구들, 동국대학교 경찰행정학과 친구들과 교수님들, 경찰 동료 여러분들과 선후배님들, 독서 모임 셜록, 그리고 제 글이 책으로 나올 수 있도록 도와주신 카멜북스, 네이버 포스트, 코스모폴리탄 여러분께 마음 깊이 감사드립니다.

차례

제2장

제3장

제4장

제1장

나는 "술에 취해서
나도 모르게 (범죄를) 저질렀다."는
말에 눈곱만큼도
동정심이 느껴지지 않는다.

당신의 이웃이에요

"모르는 사람이 때렸어요!" 하는 신고에 출동했더니 술 냄새를 잔뜩 풍기는 두 사람이 아파트 현관에서 실랑이하고 있었다. 스물한둘이나 되었을 성싶은 젊은 남자와 쉰 살 남짓 되어 보이는 건장한 남자였다.

각자 "이 아저씨가 어디에 사는지 확인해 달라!" "이놈이 무슨 짓을 하려고 했는지 아느냐!"며 악다구니를 쓰는데, 떼놓고 신원을 확인해 보니 젊은 남자는 4층 6호, 중년의 남자는 같은 층 7호에 사는 사람.

벽 하나를 사이에 두고 사는 이웃이 어쩌다 이 야심한 시각에 주먹다짐을 하게 되었나. 둘이 서로 노려보고 소리치고 삿대질하는 와중에 밝혀진 사건의 전말은 이런 것이었다.

자정 지난 깊은 밤. 남자 6호와 남자 7호가 술기운이 올라 불콰해진 얼굴로 함께 엘리베이터를 기다리게 되었다. 서로 일면식 없는 상대방을 곁눈질로 살피던 중에 엘리베이터가 도착했고, 둘은 함께 그 안으로 들어섰다. 문 닫힌 엘리베이터 안에서 두 사람은 서로를 경계하느라 버튼도 누르지 않고 꼼짝없이 서 있기만 했다.

얼마간 침묵의 시간이 흐르고 남자 7호가 4층 버튼을 눌렀다. 그는 처음 보는 젊은이가 자신을 따라 엘리베이터에 타고서는 이쪽을 힐끔힐끔 쳐다만 보고 있는 모습이 수상하다고 생각했다. 한편 남자 6호는 자신이 4층에 산다는 사실을 낯선 이가 어떻게 알고 있는지 의아한 마음이 들었다.

엘리베이터가 올라가는 동안 남자 7호가 목소리를 한껏 낮춰 "어디 가십니까?" 하고 물었지만 남자 6호는 아무 대답도 하지 않았다. 그리고 다시 침묵. 4층에 도착한 엘리베이터의 문이 열렸어도 두 사람은 상대방이 먼저 발을 떼기를 기다릴 뿐이었다.

이번에도 남자 7호가 먼저 움직였다. 남자 7호는 남자 6호를 엘리베이터 안에 남겨두고 자신의 집으로 향했다. 그러다 문득 뒤를 돌아보았는데, 남자 6호가 여전히 자신을 노려보며 서 있는 것을 발견했다. 술 취한 젊은 놈이 뭘 하려는지 아무래도 심상치 않았다.

'저놈이 우리 집 비밀번호를 알아내려고 저러나? 아니면 패거리라도 오기를 기다리고 있는 건가?'

남자 7호는 남자 6호를 향해 몸을 돌려 일갈했다.

"나한테 볼 일 있냐?"

한편 남자 6호는 겁이 났다.

'저놈은 누구지? 내가 몇 층에 사는지, 언제 집에 들어올지 미리 알고서 기다리고 있었던 것 같은데. 오늘밤에는 나랑 엄마밖에 없는데, 집까지 쫓아오면 어쩌지? 저놈이 복도를 막고 서 있으니 집에 들어가지도 못하고……. 어떻게 하지? 무얼 원하는

지는 모르지만 원하는 대로 안 해 주면 무슨 짓을 당할지 몰라!'

거기까지 생각이 미친 남자 6호는 불현듯 엘리베이터에서 뛰쳐나와 계단으로 내달렸고, 남자 7호는 예상치 못한 상황에 벙쪄 있다가 층계참 어두운 곳에 급히 몸을 숨겼다.

그러기를 오 분쯤. 남자 6호는 1층에서 한참 동안 숨을 고른 뒤 이쯤이면 놈도 포기하고 갔겠지 싶어 계단으로 다시 올라갔다. 하지만 그놈은 여전히 집 앞에 꼼짝 않고 서 있었다! 한편 다시 돌아온 6호를 본 남자 7호는 이런 생각을 했다고 한다. '이놈이 역시 되돌아올 줄은 알았지만 대체 무슨 짓을 하려는 건지 모르겠으니 일단 먼저 한 방 때려야겠다!'

"야, 이 새끼야! 너 뭐 하는 놈이야!"

술에 취하면 쓸데없는 기운이 솟아나는 사람이 있다지만 반대로 온갖 일들에 겁이 나는 사람도 있다. 마찬가지로 혼자일 때보다 둘이 걷는 밤길이 더 무서울 때도 있기 마련이다. 그럴 때 벌어지는 일들은 종종 집에서 기다리던 가족을 부끄럽게 만든다. 말하자면 이사한 지 한 달 만에 처음 만난 이웃을 통성명시키는 일이 경찰관의 몫이 되기도 한다는 이야기다.

젊은 경찰관 H의 슬픔

나와 같은 파출소에 근무하던 H는 젊고 얼굴선이 굵은 남자 경찰관이었다. 그는 밥을 먹고 나면 어김없이 동네 골목의 작은 카페에 들러 커피를 두 잔 테이크아웃 해 순찰차에 함께 탄 파트너와 나눠 마시곤 했는데, 뜻밖에 매번 스탬프를 적립하는 섬세함과 제 마음대로 메뉴를 통일해 버리지 않는 배려심을 갖추고 있었다.

이 이야기가 과거형인 데에는 이런 사연이 있다. 어느 여름날, 여느 때와 같이 H는 점심을 먹고서 카페로 향했다. 그날따라 평소와 다른 점이 하나 있었다면, 그리 덥지 않은 날이었는데도 커피를 제안하던 그의 얼굴이 유난히 상기되어 있던 것이라고나 할까? 비장한 표정으로 순찰차에서 내린 H가 어쩐지 의기소침해져서 돌아왔기에 무슨 일인지 물었더니 "카페에서 일하는 긴 파마머리에 동그란 눈의 아가씨에게 남자친구가 있는지 드디어 물어보았다."는 이야기를 전했다.

오호통재라! 그 아가씨는 "제 남자친구가 근처 지구대 직원인데, 알고서 일부러 저희 카페에 와 주시는 줄 알았어요."라며 얼굴이 빨개지더란다.

이제 H는 밥을 먹고 나면 사무실 한쪽에서 파트너의 몫까지 인스턴트커피 두 잔을 만들어 순찰차에 들고 탄다. 그리고 슬품 어린 표정으로 그 커피를 한 모금씩 홀짝이곤 한다.

그 일이 있고서 H는 자주 술을 마셨다. 술을 과하게 마신 다음날이면 으레 배탈이 난다는 H를 순찰차에 태우고 화장실이 열린 건물을 한참 찾아다닌 적도 있었다. 그리하여 독거 총각 H는 하루가 다르게 피부가 거칠어지고 살이 빠져 갔다.

하루는 112 신고를 받고 나간 대학병원 응급실에서 긴 생머리에 짙은 쌍꺼풀이 있는 여자 간호사를 마주치게 되었는데, 그날부터 H는 나날이 몸이 안 좋아진다고, 위 아니면 장이 아픈 것 같다며 속쓰림을 호소하기 시작했다.

두어 주쯤 그랬을까. 어느 야간근무 날 휴게시간에 H는 속이 너무 아파서 당장 링거라도 맞지 않으면 졸도할 것 같다며 순찰차로 데려다주겠다는 것을 사양하고 10분 거리인 대학병원까지 혼자 걸어갔다. 어쩐지 출근하던 때보다 얼굴이 좋아 보이고 머리카락에도 무얼 발랐는지 바짝 힘이 들어가 보이던 것은 착각이었을까?

한 시간 뒤 병원에서 돌아온 H는 어쩐 일인지 낯빛이 오히려 더 어두워져 있었다. 그러나 그날 이후로 속이 쓰리고 아프다는 이야기를 딱 그친 걸 보면 링거의 효험이 아주 신통한 모양이었다.

이제 H는 대학병원에서 신고가 들어오면 풀죽은 표정으로 마스크를 꺼내 쓴다. 그리고 굳이 건물을 빙 돌아 주차장 출구 가까이에 순찰차를 주차하곤 하는데, 어쩐지 응급실을 피하는 것 같기도 하다.

출근길 지하철에서 초상권 주장하기

초겨울의 이른 아침, 천안신창행 지하철 3번 칸에서 나는 혼자였다.

아침 출근, 다음날은 저녁 출근, 그리고 반나절과 온전한 하루를 쉬는 근무 패턴이 익숙해질 즈음이었다. 익숙해진다고 해봤자 빠듯하게 출근 준비를 할 수 있을 시간에 눈을 뜨기가 조금 쉬워졌을 뿐, 출근과 퇴근 사이의 졸음 그리고 퇴근과 출근 사이의 아쉬움은 여전했다.

회사 생활을 시작한 지 얼마 안 되어 서툰 탓도 있었겠지만, 매일같이 '거친 생각과 불안한 눈빛'을 가진 사람들을 만나는 일은 하루하루 전쟁처럼 느껴졌다. 전선에 나서는 장수가 칼날을 버리듯 나는 출근할 때마다 검은색 아이라이너로 눈두덩을 시꺼멓게 칠하고 뾰족하게 깎은 눈썹연필로 날 선 눈썹을 그리고서 집을 나섰다. 바야흐로 눈썹 문신이 지금처럼 흔하지 않고 나도 지금보다 한참은 더 부지런하던 때였다.

평소 아침에는 대방-신길-영등포역을 지나며 그날의 자장가 리스트를 선곡하고, 신도림부터 관악역까지 여섯 개 역을 지나는 동안 반쯤은 깨고 반쯤은 잠든 상태로 리드미컬한 지하철의 진동을 느끼다가, 안양-명학-금정역 구간에서 뜨는 해를 마주

보며 '오늘도 무사히!'를 다짐하는 것이 혼자만의 의식이었다.

그러나 그날 아침, 천안신창행 지하철 3번 칸에서 나는 요즘 말로 '멘탈 붕괴' 상태였다. 소란스런 휴대전화 알람이 한바탕 지나간 뒤 잠에서 깨고 보니 세수하고 이를 겨우 닦을 정도의 시간밖에 없었다. 에스컬레이터에서 뛰거나 걷지 말라는 방송을 귓전으로 흘리며 달려가 마침 문이 닫히기 직전이던 지하철에 간신히 올라탔다.

벌거벗고 있는 듯한 기분이었다. 당장 눈썹을 그리지 않고서는 못 견딜 것 같았다. 천만다행으로 가방 속을 뒤적이던 다급한 손끝에 눈썹연필이 집혔다. 오른손에는 눈썹연필, 왼손에는 거울을 들자 열차가 역에 멈춰 섰다.

남자 역시 혼자였다. 그는 영등포역에서 3번 칸에 탄 유일한 사람이었다. 지하철 문이 열리자 남자는 안으로 들어서서 나와 마주보는 자리로 가 앉았다. 맞은편 왼쪽으로 고작 세 자리 떨어진 곳이었다.

뜻밖의 불청객이었다. 그렇더라도 입을 반쯤 벌리고 인중을 길게 늘여 파운데이션 퍼프를 두드리거나 립스틱을 바르는 게 아니라면 눈썹 그리는 것 정도야 크게 흉하지 않을 테지. 눈썹 그리던 손을 늦추고 거울 너머로 남자를 보자, 휴대전화를 꺼내 화면을 들여다보는 모습이 눈에 들어왔다. 다행히 그는 내가 무얼 하고 있는지 전혀 관심이 없어 보였다.

그런데 왼쪽 눈썹을 다 그리고 눈썹연필을 오른쪽 눈썹에 갖다 댄 순간, 찰칵 하는 소리가 들렸다. 휴대전화의 사진 촬영음. 나의 분주하지만 평온한 출근길에서 남자가 '금세 잊힐 행인 1'의 배역을 거부하고 악당이 되기를 자처하고 나서는 순간이었다.

그는 어느새 휴대전화를 기울여 내 쪽으로 향하고 있었다. 상황은 명백했다. 남자는 재미있는 구경거리라 생각하고 그의 휴대전화 메모리 일부에 나를 저장한 것이다. 나는 양손에 든 것을 무릎에 내리고 남자를 쏘아보았다. 남자는 나를 힐끗 한 번 쳐다보더니 휴대전화 각도를 바로잡고는 아무 일 없었다는 듯 태연하게 화면을 톡톡 쳤다. 졸음이 싹 달아나고 속이 부글부글 끓기 시작했다. 나는 곁눈질로 남자를 보며 오른쪽 눈썹을 마저 그렸다.

신도림역에 멈춰 선 열차 안으로 사람들이 밀려들면서 남자가 시야에서 가려졌다. 열차 안은 조용했으나 머릿속은 소란스러웠다. 오늘은 출근도 하기 전부터 시작이구나. 내가 이대로 그냥 넘어갈까 보냐. 먼저 싸움을 걸어왔으니 호된 대가를 치르게 해 주마.

지하철이 그토록 굼뜨게 느껴지던 적은 단연코 그날이 처음이었다. 명학역에서 출입문이 닫히자, 나는 자리에서 일어나 남자의 앞에 섰다. 그리고 내 눈을 피해 고개를 떨구던 그의 얼굴 앞에 공무원증을 내밀었다.

"아저씨. 아까 제 사진 찍었죠? 그거 어느 부위를 찍었는지에 따라 성폭력처벌법상 '카메라 등을 이용한 촬영죄'로 처벌될 수 있는 거 알아요? 휴대전화 제 쪽으로 향하고 있는 거 봤고, 사진 촬영음도 들었으니까 아니라고 해 봤자예요. 제가 경찰이거든요? 저도 출근길이 바쁘고 아저씨도 창피할 테니까 여기서 확인하자고는 안 할게요. 당장 지우세요. 알았어요?"

내가 숨 한 번 안 쉬고 쏘아붙이는 동안 남자는 불안한 표정으로 마른침만 삼켰다. 그는 폭탄이라도 되는 듯 휴대전화를 이 손 저 손으로 옮기며 들리지 않는 소리로 혼자서 웅얼거리다가, 때마침 열차 출입문이 열리자 쏜살같이 뛰쳐나갔다. 그때 남자가 알아듣지 못할 소리로 내게 용서를 구했던 것인지, 눈썹연필을 쥐고 거울을 들여다보던 내 사진을 지웠을지 사실 잘 모르겠다.

다만 그 일로 내가 알게 된 것은 '출근길 지하철에서 〈성폭력범죄의 처벌 등에 관한 특례법〉●을 언급하며 누군가를 꾸짖게 되는 경우도 있다'는 사실이다. 지하철에서 눈썹을 그리는 것이 적절한 행동인지는 문제 삼지 말자. 이 이야기를 들은 어느 누구도 그 남자가 나를 촬영한 일이 '감히 지하철에서 눈썹을 그리는 여자'에 대한 정당한 응징이라고 하지 않았으니.

● 실제로는 현행법상 '초상권 침해'를 처벌하는 규정은 없고, 성적 욕망 또는 수치심을 유발하는 신체 부위에 대한 촬영인지 여부에 따라 '카메라 등을 이용한 촬영죄'로 처벌한다.

남자친구의 행방불명

　　요란하게 사이렌이 울렸다. 코드 제로. 정신이 번쩍 들었다. 112 상황실에서는 우리 파출소와 B 파출소를 동시에 호출해 각각 관내에 있는 'A 타워'로 출동하라고 했다. 이 동네가 익숙지 않은 사람들은 A 타워에 1동과 2동이 있는 줄을 모르기에 종종 있는 일이었다. 막내 순경에게 부팀장님을 깨우도록 하고 녹취 파일을 재생했다.

　　"A 타워 앞인데요! 빨리 와 주세요! 남자친구랑 같이 있었는데요! 먹자골목에서 같이 술 마시고 차에서 깨 보니까 옆에 이상한 남자가 있었어요! 너무 놀라서 제가 진짜 막, 내리라고 소리치니까! 그래서 차 몰고 여기까지 왔거든요! A 타워에요, 빨리요!"

　　직감으로 알았다. 신고자를 만나게 되는 것은 B 파출소가 아닌 우리 파출소 순찰차이리라. 여자가 이야기하는 먹자골목에서 우리 관내에 있는 A 타워 1동까지는 차로 오 분이 채 안 걸리지만, B 파출소 관할인 A 타워 2동은 꽤 멀리 떨어져 있으니까.

　　역시나 A 타워 1동 앞에서 발견된 신고자는 금방이라도 울듯한 표정으로 속사포처럼 이야기를 쏟아 냈다.

  몇 시간 전까지 먹자골목에서 남자친구와 함께 술을 마셨다. 집에 가려니 취기가 올라와 근처에 주차해 두었던 차에서 잠깐 눈을 붙이기로 했다. 얼마 후 이상한 느낌에 눈을 떴는데 처음 보는 남자가 조수석에서 여자의 어깨를 흔들고 있었다. 깜짝 놀라서 당신 대체 누구냐고, 당장 내리라고 소리를 질렀다. 낯선 남자는 진정하라고 한참을 달래다가 결국 밖으로 나가서 자동차 후드를 두 손으로 쾅 치고는 가 버렸다.

  너무 겁이 나서 당장 자리를 떠야겠다는 생각에 차를 몰고 여기까지 왔다. 그런데 남자친구가 어디에 있는지 도무지 모르겠고, 차 안에 있던 남자가 해코지한 게 분명하니 어서 찾아 달라.

  이야기하는 내내 여자에게서 술 냄새가 심하게 났다. 술을 마시고 운전한 게 맞냐고 묻자 그렇다는 대답이 돌아왔다. 여자가 음주감지기에 숨을 불어넣자 빨간 불이 깜빡이며 경고음이 울렸다. 정확한 수치는 음주측정기로 측정해 보아야 알겠지만, 요란한 경고음은 내쉬는 숨에 알코올이 얼마간 섞여 있다는 의미였다.

  "선생님, 술 드셨으니까 더 운전하시면 안 돼요. 그렇다고 차를 여기 세워 둘 수도 없으니까 파출소로 옮겨야겠는데요."

  여자가 열쇠를 건넸다. 그리고 몇 가지 물어볼 것이 있다고 하자 도리어 앞장서서 순찰차에 올라타고는 어서 가자고 재촉했다.

뒷자리에 앉은 여자에게 '나는 P 파출소 소속의 아무개이며 당신이 음주운전을 하게 된 사정과 남자친구의 안전 여부를 확인하러 파출소로 가는 것'이라고 설명했다. 도움을 줄 수 있는 사람 누구에게든 연락하고, 변호인의 조력을 받을 수 있으며, 집에 가고 싶으면 언제든 가면 된다고도.

파출소에 도착하자 여자가 흐느껴 울기 시작했다. 나는 먹자골목을 관할하는 지구대에 전화해 남자친구의 인상착의를 알려 주고 수색을 요청했다. 그리고 만취한 여자가 어렵사리 기억해 낸 생년월일로 남자친구의 주소지를 조회해 관할 파출소에 귀가 여부를 확인해 달라고 했다. 이제는 연락을 기다려 보자고 하니 여자가 울음을 그치고 맥 빠진 얼굴로 의자에 걸터앉았다.

여자가 기력을 되찾은 것은 내가 음주운전 사건을 접수하려 음주측정 요구를 했을 때였다. 1차 측정에서 여자는 볼이 홀쭉해지도록 숨을 들이마셨다. 음주측정기에 숨을 **불어넣어야** 측정이 된다고 하자, 제대로 하고 있는데 무슨 소리냐며 오히려 큰소리를 쳤다. 두어 번 같은 행동을 하더니 화장실에 가겠노라고 했다. 그리고 한참 후에 돌아와서는 나를 노려보며 "내가 음주측정 한두 번 해 본 줄 아냐?"라며 엉뚱한 소리를 하는 게 아닌가. 알아, 나도. 못해도 세 번은 되겠지. 당신 기록에 음주운전 전력이 두 건이나 있으니까.

10분 뒤, 여자는 2차 측정에서도 숨을 불어넣는 시늉만 하다가 기계가 이상한 것 같다고 억지를 부리고는 도로 의자에 돌아가 앉았다. (무슨 소리야. 아무 문제없이 잘 작동하고 있구먼. 이상하게 구는 건 바로 당신이야.)

세 번째로 측정 요구를 하려던 참에 전화가 왔다. 간발의 차로 여자의 휴대전화가 먼저 울렸고, 다음으로 사무실 전화가 울렸다. 여자는 "네, 제가 여자친구예요! 찾았어요? 지구대로요? 지금 갈게요!"를 외쳤고, 막내 순경은 "뚝방에서요? 아, 정말요? 네. 여기 있어요." 하고서 전화를 끊었다.

차에서 자다가 답답함을 느끼고 밖으로 나온 남자가 휘적휘적 뚝방까지 걸어가 누워 잠이 든 채로 순찰차에 발견되었다는 이야기였다.

여자가 도끼눈을 뜨고 덤빌 듯이 다가왔다.

"내가 언제 음주운전 자수한다고 했어요? 남자친구 찾아 달라고 했지. 이거 안 불겠다고 하면 어쩔 건데요?"

사실 뭘 어쩔 것도 없고, 여자가 돌아가겠다고 해서 문제될 일도 아니었다. 죄명이 바뀌게 될 뿐이지. 이번이 마지막 측정 요구이며 이번에도 제대로 응하지 않으면 음주운전이 아니라 음주측정거부죄로 사건을 처리하겠노라고 고지했다. 여자는 "내가 너를 가만두나 봐라!"라며 파출소 문을 부서져라 쾅 닫고 가 버렸다.

여자는 그야말로 나를 가만히 내버려두지 않았다. 여자의 황당무계한 변명("112에 남자친구가 없어졌다는 신고를 하고 놀란 마음에 경찰을 기다리며 차 안에 있던 소주 두 병을 마신 것뿐이다! 음주운전이 아닌데 억울하다!") 때문에 사건 접수 후 얼마 지나지 않아서 나도 담당 수사관에게 참고인 조사를 한 번 받았다. 그리고 그 정도로는 분이 안 풀렸는지 더 이상 내가 P 파출소에 근무하지 않고 그 사건도 가물가물해져 갈 때쯤, 여자는 기어코 나를 법정에 증인으로 서게 했다.

그러나 증인 소환장을 받은 것은 놀랄 일도 아니었다. 여자를 깨웠던 차 안의 낯선 남자가, 사실은 여자가 집으로 가려고 부른 대리 기사였다는 사실이 밝혀졌을 때에 비하면.

이 구역의 망할 년은 나야

"택시 기사랑 경찰은 전생에 큰 죄를 지은 사람들이라 이생에서 남들 다 자는 밤에 한숨도 못 자는 벌을 받고 있는 거예요."

늦은 밤 집으로 오던 택시 안에서 기사님께 들은 이야기다. 택시를 타고 오는 동안 내 직업에 대해 일언반구 내비친 것이 없었으니, 기사님은 내가 경찰인 줄 모르고 평소에 생각하던 바를 그대로 입 밖으로 낸 것이리라. 하하하. 전생에 지은 죄가 얼마나 크길래 그런 무시무시한 벌을 받는대요, 하고 신소리를 하고는 둘이서 웃었다.

같은 이야기를 다른 택시 기사님에게 했더니 "전생의 죄? 어떤 미친놈이 그런 소릴 해?" 하며 화를 내기에 머쓱해진 일도 있다.

전생의 업보든 이번 생의 까닭 없는 수난이든, 자야 할 때 못 자는 일이 괴롭기는 마찬가지다. 오죽하면 쏟아지는 졸음을 악마에 빗댄 '수마(睡魔)'라는 표현이 있을까.

졸음은 맨 먼저 눈으로 온다. 건조해진 눈이 따끔거리다가 쑤시게 되고, 곧 쑤시는 느낌이 머리로 번지고, 이어서 팔다리에 힘이 빠진다. 그럴 때 밥벌이를 위해 승객의 술 냄새를 참으며 운전을 하고, 너무 취해서 제정신이 아닌 젊은이한테 반말 섞인 욕지거리를 듣고, 가끔 그들이 남기고 간 오물 묻은 시트를 청소하는 일을 여러 밤 계속하면 진절머리가 날 것이다. 나도 잘 안다. 깊은 밤에 경찰이 하는 일도 다를 게 하나 없으니까.

술에 취해 잠든 사람을 한참 동안 흔들고 주무르고 꼬집어 끝끝내 깨웠더니 "왜 이렇게 요금이 많이 나왔냐, 일부러 멀리 빙 돌아온 것이 아니냐."며 시비하고, 결국 구토감을 참지 못해 카시트와 발 깔개를 더럽히고 만다는 이야기는 흔하디흔하다. 그 이야기는 으레 택시 기사의 신고를 받고 출동한 경찰관이 주정뱅이를 쫓아 보내는 것으로 마무리된다.

"도와주셔서 감사합니다. 경찰관님."

"아니에요. 저희가 노상 하는 일인데요, 뭐."

"술 취한 사람들 대하는 게 제일 힘들어요."

"그럼요. 우리도 잘 알아요. 힘냅시다!"

……와 같은 대화만으로 이 밤을 보낼 수 있다면 세상이 얼마나 아름답겠느냐마는, 어디 사람 사는 세상이 아름답기만 하겠는가.

한 번은 이런 일이 있었다. 손님이 택시 안에 구토하고서 시비를 건다는 신고가 들어왔다. 현장에는 중년의 택시 기사와 아직 앳된 티를 못 벗은 여학생이 기다리고 있었다.

택시 기사의 사나운 설명이 쏟아졌다.

"아니, 오던 중에 이 아가씨가 속이 울렁거린다는 거야. 아무리 그래도 차도에다 사람을 내려 줄 수는 없잖아. 그래서 조금만 더 가면 도착한다고, 잠깐만 참아 보라고 그랬지. 근데 그 잠깐 사이에 안에다 오바이트를 한 거야. 어떻게 해, 그럼 나는. 오늘 이제 영업 접어야 되는데."

그러자 여학생이 울먹이는 목소리로 말했다.

"그래서 아저씨가 저한테, 요 앞에 큰 마트가 있으니까 세차비는 따로 주더라도 지금 당장 발 깔개를 하나 사 오라는 거예요."

택시 기사가 다시 말을 가로챘다.

"아니 그러니까, 이 꼴을 해 가지고 영업을 어떻게 해? 발 깔개 이거, 냄새 나서 버려야 돼. 이건 세탁해도 못 써."

아닌 게 아니라 여학생은 윗옷 앞섶에 토사물이 묻은 채로 한 손에 발 깔개를 들고 있었다.

"여기 마트에는 이것밖에 없대요, 아저씨."

택시 기사는 더욱 목소리를 높였다.

"아유, 이거 싸구려야. 지금 깔려 있는 것보다 한참 싸구려라고! 이거 아니에요. 이걸론 안 돼요."

보아하니 오늘밤 손님을 더 받을 수 없게 된 택시 기사가 약이 올라 어깃장을 놓는 모양새였다. 애당초 택시 안에 실수로 토한 것을 범죄라고 할 수도 없거니와, 얼마를 물어 주든 얼마짜리 발 깔개를 새로 사 주든 하는 문제는 경찰이 판단할 일이

아니었다. 옷에 토사물이 묻은 손님에게 발 깔개를 사 오도록 하고
는 돌아올 때까지 미터기를 켜둔 택시 기사도 대단한 인물이었다.

"기사님, 경찰이 도와드릴 수 없는 부분이네요. 손해 봤다고
생각하는 금액만큼 손님한테 청구하시고, 합의가 안 되면 민사
절차로 진행하셔야 돼요. 발 깔개도요. 옷도 더러워진 사람을
남들 보는 데 가서 여러 번 창피 당하게 하기도 좀 그렇잖아요."
　그러자 택시 기사의 얼굴이 붉으락푸르락 달아올랐다. 그리
고는 화살을 내게로 돌렸다.
　"아니 경찰이, 어? 도와 달라고 하면 어떻게든 해 줘야지, 나
이 많은 사람을 가르치려고 들어? 당신 말이야, 알아서 해결하
라고 할 거면 법이 왜 있고 경찰이 왜 있어?"

　택시 기사를 겨우 달래서 여학생에게 계좌번호를 불러 주도
록 하고, 어쩔 줄 몰라 하고 있는 여학생의 이름과 연락처를 그
에게 알려 주고 상황을 정리했다. 여학생이 길을 건너자 마뜩잖
은 표정으로 지켜보던 기사도 다시 택시로 향했다. 그는 하지
않아도 좋았을 한 마디 말을 내 귓전에 내뱉으며 옆을 스쳐 지
나갔다.

　"망할 년."

　기사님. 저 똑똑히 들었어요. 기사님이 무서워서 못 들은 척

하는 건 아니고요, 전생에 제가 지은 죄 갚는다 생각하고 참는 거예요. 이번 생에 덕 많이 쌓아서 다음 생에는 남들 잘 때 저도 잘 수 있는 직업 가지려고요. 저한테 이러시면 곤란해요. 다음 생에는 기사님이 경찰로 일하게 될지 누가 알겠어요?

어느 날 한밤중의 알카에다

　　우리나라가 어떻게 지금껏 알카에다Al-Qaeda나 이슬람 극단주의 무장단체IS의 테러 공격으로부터 안전할 수 있었는지 아는가? 인터넷에 떠도는 '카더라 뉴스'에 의하면 외국인 노동자를 헐값에 착취하던 악덕 고용주들이 큰 공헌을 했다고 한다. 이야기인즉슨 국내에 숨어든 테러단체 조직원들이 곳곳으로 흩어져 일하며 호시탐탐 기회를 노리고 있었는데, 고용주들이 어찌나 일을 많이 시키고 못살게 굴던지 '테러를 모의할 시간도 없이 일을 해야 했고, 고된 일이 끝나면 숙소에서 지쳐 쓰러져 자느라 공작에 실패하고 돌아갔다.'더라. 악덕 고용주들을 희화화하는 이 유쾌하지 않은 농담이 이젠 더 이상 농담이라고도 할 수 없겠구나 싶다. 2015년에만도 알카에다와 연계된 불법 체류자 세 명이 추방되었다는 뉴스가 있었으니.

　　우리 관내에 "알카에다가 삼백육십오일 이십사 시간 나를 감시하고 있다."고 주장해서 '알카에다 할머니'로 불리는 분이 있었다. 알카에다가 언제 어디에서 테러를 저지르려고 한다는 구체적인 이야기를 했다면 아주 골치 아팠겠지만, 노상 할머니만 감시하고 있다는 할머니 머릿속의 알카에다 정도는 우리 파출소 직원들로도 충분히 대적할 수 있었다. 정말 할머니 주변에 알카에다가 있었을 가능성은 없었겠냐고? 알카에다의 우두머리 오사마 빈 라덴이 사망한 지도 시간이 꽤 흐른 때였으니 오히려 IS가 괴롭힌다고 했더라면 좀 더 그럴 듯했겠지.

알카에다 할머니는 하루걸러 한 번꼴로 파출소 직통번호에 전화를 했다. 그리고는 누가 들을세라 목소리를 잔뜩 낮춰 같은 이야기를 몇 번이고 되풀이했다. 할머니는 저소득층을 위한 공공임대 아파트에 살고 있었는데, 아파트 곳곳에서 알카에다 조직원들이 자신을 노리고 있다고 했다. 그들이 맞은편 동 어딘가에서 할머니의 집 안을 훔쳐보고, 현관문에 귀를 대고 안에서 나는 소리를 엿듣고, 할머니가 외출하면 뒤를 밟고, 밤에는 자동차를 바꿔 가며 아파트 주차장에서 할머니를 감시한다고.

하루는 자정 넘은 시간에 알카에다 할머니가 파출소로 전화를 걸어왔다. 그리고 다급한 목소리로 "누군가 집에 침입하려고 했다."며 당장 와 달라고 했다. 초인종을 눌렀더니 잔뜩 경계하는 목소리가 문 뒤에서 들렸다.

"누구세요? 누구세요? 경찰이에요? 경찰 맞아요?"

"네, 맞아요, 할머니. 경찰이에요. 문 좀 열어 보세요."

"진짜 경찰이에요? 진짜예요?"

"맞다니까요, 할머니. 저, P 파출소 김 경위예요."

"목소리가 맞네, 김 경위님. 난 또 누가 경찰이라고 속이는 줄 알고……."

반백의 머리카락이 마구 헝클어진 땅딸막한 노파가 문을 빼꼼히 열었다. 문틈으로 나온 손에는 지저분한 손톱이 손가락 한 마디만큼이나 자라 있었다.

알카에다 할머니가 신고를 하게 된 데에는 이런 까닭이 있었다. 곤히 자고 있었는데 갑자기 초인종이 요란하게 울려서 잠에서 깼다. 곧이어 현관문을 부서져라 두드리는 소리가 났다. 너무 놀라 벌벌 떨며 숨을 죽이고 있었더니 잠시 뒤 소란이 그치고 발소리가 급히 멀어졌다. 알카에다가 오늘밤에야말로 할머니를 끝장내러 왔다가 예상치 못한 방해를 받고 가 버린 것 같다는 이야기다.

듣고 보니 최근에 아이들 사이에서 유행인 '벨튀'였다. 아파트를 돌아다니며 마구잡이로 초인종을 눌러 대고 현관문을 두드려서 집 안의 사람을 놀라게 하고, 심한 경우에는 문에 오물을 투척하거나 페인트 등으로 낙서를 하는 못된 장난. 하지만 할머니에게 그것이 알카에다가 아니라 동네 녀석들의 소행일 거라고는 말할 수 없었다. 할머니가 '경찰도 알카에다와 한패'라고 생각하게 될 수도 있으니까.

"어휴 할머니, 얼마나 무서웠을까. 알카에다가, 응? 여기가 어디라고. 우리나라 경찰을 아주 우습게 보는 모양이네. 걱정 말아요, 할머니. 우리가 순찰 열심히 할게요. 경찰차가 라이트 켜고 왔다 갔다 하면 함부로 어떻게 못 할 거야. 우리가 시간마다 들르고 잠복도 하고 그럴 테니까, 무슨 일 생기면 오늘처럼 바로 신고해요, 할머니."

그리고 나와서는 일부러 순찰차의 번쩍번쩍하는 주간용 경광등을 켜고 아파트 단지를 한 바퀴 돈 다음 파출소로 돌아왔다. 시간마다 아파트를 순찰하겠다니, 잠복근무는 또 뭐고. 거짓말쟁이가 따로 없다. 속죄하는 마음으로 적어도 하루에 한 번은 할머니네 아파트에 들러야겠다고 생각했다.

나도 잘 알고 있다. 알카에다 할머니한테 진정 필요한 건 "우리가 지켜드릴 테니 안심하세요." 하는 알량한 위안이 아니라 의료인의 전문적인 치료와 보살핌이라는 사실을.
할머니가 이야기하는 '박사까지 공부하고 지금은 대학교수하고 있는 우리 아들'도 알카에다처럼 현실에는 없고 할머니 머릿속에만 존재한다고 믿고 싶다. 그렇게 잘난 아들이 삼백육십오일 이십사 시간 알카에다 때문에 고통받는 할머니를 방치하고 있다는 게, 차라리 사실이 아니라면 좋겠다.

법 블레스 유*

　　현장에 도착해 보니 피해자는 목이 쉬도록 울며 소리 지르고 있었다. 범인은 피해자의 남자친구에게 멱살이 잡혀 있었는데, 아무것도 들리지 않는 듯 태연한 표정이었다. 그는 술에 만취해 아무 연고 없는 건물에 침입했다. 그리고 잠자고 있던 피해자를 강간했다. 피해자의 남자친구는 잠에 곯아떨어져서 바로 곁에서 일어난 범행을 알아채지 못해 한스럽다고 했다.

　범인은 범죄사실을 인정하고 순순히 수갑을 찼다. 피해자는 그제야 말을 되찾아 그의 등 뒤에서 미친 새끼야, 개새끼야, 시발놈아, 하고 악을 썼다. 범인은 밖으로 끌려 나오며 누가 알아볼세라 수갑 찬 두 손을 들어 모자를 눌러썼다.

　사건을 입력하는 내내 그의 얼굴에서는 아무런 표정도 읽을 수가 없었다. 그가 내뱉는 짧은 대답들에는 두려움, 수치심, 반성, 어떤 감정도 담겨있지 않았다.

● '법(法)', '블레스(bless: 축복하다)', '유(you: 너)'의 합성어로, 법이 아니었으면 상대를 가만두지 않았을 것이라고 돌려 말할 때 쓴다(출처: 네이버 오픈사전).

마지막으로 그의 체포 사실을 변호인 선임권자● 중 누구에게 알리면 되겠냐고 물었을 때였다. 갑자기 그가 무릎을 털썩 꿇고 내 책상 앞으로 기어 오더니 흐느껴 울기 시작했다.

"제가 다음 달에 결혼을 하는데요, 지금 예비 신부랑 같이 살고 있어요. 얼마 안 있으면 애를 낳거든요……. 충격 받으면 안 되니까, 큰일 나니까, 제발 집에서는 모르게 해 주세요……."

나는 "술에 취해서 나도 모르게 (범죄를) 저질렀다."는 말에 눈곱만큼도 동정심이 느껴지지 않는다. '취해 있던 나'에게 책임을 떠넘기는 꼴이란. 형법 제10조 '심신장애인'을 해석할 때 술에 만취한 자, 가벼운 명정(술에 취한) 상태인 자도 포함하여 형벌을 감경(면)시켜 주는 것도 부당하다고 생각한다. 법의 힘은 언제 발휘되어야 하는가. 법이 정말로 지켜야 할 대상은 누구인가.

● 변호인 선임권자란 '재판이나 수사 과정에서 피고인 또는 피의자를 위해 변호인을 선임할 권리를 가진 사람'이라는 의미이고, 피고인 또는 피의자, 피고인 또는 피의자의 법정대리인·배우자·직계친족과 형제자매이다.(형사소송법 제30조 제1항 및 제2항)

오늘도 무사히

　　근무를 시작하기 전 팀원들은 무기고 앞에 도열했다. 무기고 안에 있던 막내 순경이 각자에게 지정된 총기를 차례차례 건네주었다. 총기를 받으면 고리에 피탈방지끈을 연결해 허리춤에 붙은 권총집에 넣었다. 팀장님은 막내가 무기고 철문에 열쇠를 꽂아 돌려 여는 순간부터 총기 출고를 끝내고 문을 도로 잠글 때까지 옆에 서서 지켜보았다.

　순찰 근무는 두 명이 한 조가 되어 조장이 테이저건Taser Gun이나 가스총을 차고 조원이 38권총을 차는 경우가 일반적이었다. 우리끼리는 "권총은 쏘는 게 아니라 던져서 맞추는 것"이라는 자조적인 농담을 했다. 권총을 발사하려면 다섯 가지 정도의 수칙을 지켜야 하는데, 말이야 쉽지. 과잉 대응으로 평가될 경우 감당해야 할 법적 책임과 사회적 비난은 상상만으로도 가슴이 철렁 내려앉았다. 38권총은 꽤 무거워서 요통의 원인이 되었고, 권총집은 외근혁대나 외근조끼의 어느 위치에 달아도 순찰차에 앉으면 몹시 배겼다. 사용할 가능성이 희박하고 짐스러운 권총을 고참이 아니라 신임에게 맡기는 것은 오히려 온정적이고도 합리적인 판단이었다.

우리 팀은 팀장님까지 포함해 전부 일곱 명이었다. 내 서열은 계급순이면 위에서부터, 나이순이면 아래에서부터 세는 것이 빨랐다. 팀장님이나 부팀장님과 한 조가 될 때는 38권총이, 그 외의 팀원들과만 짝이 되는 날에는 테이저건이나 가스총이 내 몫이었다. 정례 사격에서 내 권총 완사 사격 점수는 백 점 만점에 구십 점 언저리를 맴돌았고, 사람 하반신 그림인 속사 사격지에서는 총알이 대퇴부를 벗어난 적이 한 번도 없었다. 그러나 실제 상황에서 '적법하고 적절하며 적정하게' 방아쇠를 당길 수 있을지는 확신이 서지 않았다. 테이저건이나 가스총이라 해도 마찬가지였을 것이다.

2016년 10월 19일 오패산 터널 인근에서 일어난 총격 사건으로 故 김창호 경감이 순직했다. 그 후로 나는 38권총이 배정된 날이면 총탄을 장전하기 전에 오른손에 그러모아 주먹을 한 번 힘주어 꽉 쥐었다. 그리고 장전을 마친 총의 실린더를 다시 열어 공포탄 한 발과 실탄 세 발이 제자리에 들어 있는지 한 번 더 확인했다. 방아쇠 뒤에 끼워 놓은 격발방지고무도 제대로 고정되어 있는지 만져 보고, 필요할 때 어떻게 빨리 제거할 수 있을지 머릿속으로 그려본 다음에야 총을 권총집에 넣었다.

나는 총기 외에도 삼단봉을 출고했다. 현장에서 실제로 사용할 수 있는 무기는 그것밖에 없을 것 같았다. 삼단봉을 건네받으면 외근조끼의 오른쪽 허리춤에 꽂아 넣기 전에 문제없이 잘 작동하는지 꼭 한 번 확인했다. 삼단봉은 손잡이를 잡고 바닥으로 내리뻗으면 금속성의 마찰음을 내며 펼쳐져 고정되는데, 다시 접을라치면 사무실 시멘트 바닥에 쪼그리고 앉아 몇 번을 쿵쿵 찍어야 했다. 직원 중에는 내가 유난스럽다는 이도 있었으나 나로서는 매번 확인하지 않으면 마음이 불안했다.

주머니가 일곱 개 달린 외근조끼는 전에 함께 근무하던 여직원이 물려준 것인데, 주머니 위치나 개수나 여미는 형식을 봐서는 싸제*였다. 왼쪽 가슴께에 있는 무전기 주머니에는 무전기를, 가로로 긴 주머니에는 호루라기와 안경닦이 천과 입술 보습제와 현금 삼천 원 그리고 수갑 열쇠를 넣어 두었다. 옆구리 쪽에는 권총집이 붙어 있었고, 앞쪽의 큰 주머니에는 손바닥만 한 외근수첩과 방검장갑을 넣었다. 투명 PVC로 엄지손톱만한 창을 낸 오른쪽 가슴 앞주머니에는 볼펜 두 개와 마스크, 각종 신고처리 매뉴얼 책자들과 그날의 근무일지를 접어 넣었다. 그 아래 주머니에는 방한장갑**을 넣었고, 삼단봉을 고정하는 찍찍이 옆 수갑 주머니에는 당연히 수갑을 (넣기 전에 날을 세게 눌러서 한 바퀴 튕겨 잘 잠기는지 확인한 후) 넣었다.

추운 날에는 핫팩을 여덟 개 뜯어 신발 양쪽에 하나씩, 바지

● 사제품(私製品). 개인이 사사로이 만든 물품. 여기서는 '납품 계약을 체결하지 않은 업체로부터 개인이 구입한 물품'을 의미한다.

●● 실제로는 오물을 처리할 때나 범죄자에게 수갑을 채우는 과정에서 까짐 방지를 위해 사용한다.

양쪽 주머니에 하나씩, 근무복 점퍼 주머니에 하나씩 넣고 남은 두 개는 막내에게 주었다.

그리고 무전기의 채널이 우리 경찰서에 맞춰져 있는지 확인하고 다이얼을 돌려 볼륨을 8까지 높이는 것으로 근무 준비가 끝났다.

이 일련의 행동이 매 근무 날 안전을 기원하는 나의 주술이었다. 어느 하나 잊지 않고 꼼꼼히 해내면 나와 우리 팀 사람들 모두 어느 한 군데 다치지 않고 무사히 퇴근해 집으로 갈 수 있으리라고 믿었다.

잠들 수 없는 밤을 함께 지새우며

경찰 동기 언니가 스피아민트 화분을 하나 선물해 주었다. 이파리도 몇 개 없고 가지도 앙상해서 볼품없었는데 언니가 "노지에서 겨울을 보내느라 그래. 보기랑 다르게 튼튼하다."고 하기에 속는 셈 치고 파출소에 가져다 두었다. 나는 그 화분을 출근하면 화단에 내놓고 퇴근할 때 사무실에 들여다 놓았다. 얼마 안 지나 스피아민트는 사방팔방으로 줄기를 내고 잎을 주렁주렁 매달게 되었는데 나는 허브가 원체 강하고 튼튼한 품종이라서 그런 줄로만 알았다.

우리 파출소에는 네 개 팀에 각각 여섯 명이 일했다. 여섯은 두 명이 사무실을 지키고 순찰차 두 대에 두 명씩 타면 딱 맞는 숫자였다. 야간근무에 한 사람이라도 휴가를 가게 되면 짝이 맞지 않아 순찰차를 세워 두어야 하는 사태가 벌어지기에, 다음날 주간근무 팀의 누군가가 그 빈자리를 채워야 했다. 이런 경우를 '탄력근무'라고 부른다. 탄력근무를 한 번 하면 야간근무를 세 번 연달아 하게 되는 꼴이라 몸이 무척 고되었다.●

● 대다수의 지구대·파출소에서는 〈주간-야간-비번-휴무〉 형태의 4교대 근무를 한다. 탄력근무를 하게 되면 '휴무' 대신 '야간' 근무가 지정되어 원래 근무 주기가 두 번 반복되는 대신 〈주간-야간-비번-(야간)-(비번)-야간-비번-휴무〉의 근무를 하게 된다.

탄력근무를 들어간 어느 새벽, 다른 팀 직원들이 청소하는 모습을 비몽사몽하며 지켜보고 있을 때였다. 한 사람이 대걸레질을 마치고 화장실로 들어가는가 싶더니 어느새 물뿌리개에 물을 채워 가지고 나왔다. 그리고는 뜻밖에도 내 화분에 조심스레 물을 뿌려 주는 게 아닌가. 그는 밖으로 새어나온 물을 조심스레 닦고 볕을 고루 쬐도록 화분을 이리저리 돌려놓기까지 했다. 그래, 허브도 제 스스로의 노력만이 아니라 알게 모르게 여러 사람들이 애정을 쏟았기에 이토록 씩씩하게 지낼 수 있었구나.

하루는 폭행 신고를 받고 처리하던 중에 두 사람을 분리해 파출소로 데려가야 할 일이 생겼다. 무전으로 순찰차 한 대를 지원 요청하자 얼마 지나지 않아 우리 파출소 순찰차가 도착했다. 그런데 웬걸, 뒤이어 다른 순찰차가 두 대나 더 나타났다. 자세히 보니 B 파출소의 순찰차였다. 어쩐 일이냐고 묻자 B 파출소의 직원이 순찰차에서 내리다 말고 겸연쩍어하며 대답했다.

"아니. 저, 뭐 도와드릴까 하고 왔는데요……."

아무래도 내가 관련자들에게 호통치는 소리를 무전으로 듣고서 무슨 심각한 상황이 벌어진 줄 안 모양이었다. 애초에 큰 사건도 아니고 현장도 다 정리된 참이었기에 "괜찮아요. 감사합니다." 하고 순찰차를 돌려보냈다.

신고를 마무리하고 한숨 돌리고 있노라니 문득 이런 생각이 들었다. 순찰차가 소속 관할 외의 지역에 지원 출동하는 일은 흔치 않다. 상황실의 지령으로 출동하게 되더라도 초동 조치 정도만 하고 본래 관할의 순찰차가 도착하면 인계하고 돌아가기 마련인데. 지령도 없이 무전을 듣고 먼저 나서서 도와주러 온 일에는 인사를 다섯 번쯤 해도 충분하지 않을 테다. 무전으로 B 파출소를 불러서 고맙다고 했더니 "도와드린 것도 없는데요, 뭐. 필요하면 부르세요." 하는 답이 돌아왔다.

여태 크게 다치는 일 한 번 없고 고된 중에도 재미있게 근무할 수 있었던 비결이, 나는 내가 천생 경찰이라 그런 줄로만 알았다. 내 적성이고 천성이고 천직인 덕분으로만 알았다. 그런데 사실은 내 화분에 나도 모르는 새 물을 주고 볕을 쬐어준 사람들, 잠들 수 없는 밤을 함께 지새우며 무전을 듣던 사람들의 애정 덕분이었다.

다정한 사람이 쭉 다정하도록

세상이 참 좁다고 느낄 때가 있다. 우리 회사의 경우는 특히나 더. 나는 우리 '조직' 같은 표현은 별로 쓰고 싶지 않다. 조직이라고 하면 어쩐지 '여차하면 새끼손가락 정도는 내놓을 각오'로 일해야 하는 곳 같은 느낌이라. 사실 그런 각오는 필요 없다. 오히려 제 한 몸 건사할 줄 알아야 비로소 잘 해낼 수 있는 것이 바로 우리 일이기 때문에.

아무튼 내 지인의 대부분은 회사 사람들이고, 그중에는 한두 다리 건너서 묘하게 연결되는 사람들도 꽤 있다. 게다가 내 주변의 '경찰이 되고 싶은 사람'들이 마침내 '아는 경찰'의 범주에 들어오게 되면 나의 세상은 좀 더 복닥복닥해진다.

지난 3월 대학교 후배 M이 내가 일하는 경찰서의 지구대에 신임으로 발령받았다. 환영하는 의미로 나와 내 대학 동기인 C 경감, 그리고 M까지 셋이 양꼬치 집에서 맥주를 한잔하기로 했다. 약속 날짜를 며칠 앞두고 인터넷 기사 하나를 보게 되었으니, M이 전국 생활체육 복싱대회에서 두 번이나 우승한 '이색 경찰관'이라는 내용이었다. 나는 그 기사를 읽고 결심했다. M을 언짢게 만드는 일이 없도록 최대한 다정하고 살갑게 대해 줘야겠다고.

막상 만나 보니 M은 별것 아닌 이야기에도 눈을 빛내며 깔깔 웃는, 투블럭 컷을 한 아담하고 귀여운 친구였다. 얼굴이 눈에 익다 싶더니 채용시험 전에 내가 면접 준비를 도와준 적이 있다고 했다. 게다가 M이 경찰시험 준비를 막 시작할 무렵 '선배와의 대화'라는 수업에 경찰 선배가 특강을 하러 왔었다고 하는데, 한 시간 반 동안 시시한 이야기만 떠들다 갔다는 걸 보니 그역시 나였으려니 싶었다. "세상 진짜 좁다. 엄청난 인연이네. 몸조심하고 재미있게 지내, 곧 또 보자." 하고서 헤어졌다.

석 달 만에 다시 양꼬치 집에서 C 경감과 M을 만났다. 그간 M은 4교대 근무에 어느 정도 단련된 듯했고, 어떤 신고를 어떻게 해결했는데 세상엔 참 별일이 다 있다는 이야기를 신나서 들려주었다.

그러던 중 얼마 전에 지구대에서 장부를 달아놓고 먹는 백반집의 여자 사장이 "자네는 여자야, 남자야?" 하며 M의 근무복 가슴께를 툭툭 쳤다는 이야기를 듣고 C 경감과 나는 격분했다.

"어디 당찮게 남의 몸을 함부로 만지고, 어? 여자든 남자든 무슨 상관이야. 그런 행동이 용서되는 경우가 어디 있어?"

"괜찮아요. 그러는 사람이 종종 있어요."

M은 겸연쩍게 웃으며 대답했다. C 경감과 나는 기가 차서 할 말을 잃었다.

최근에는 이런 일이 있었어요, 하고 M이 말을 이었다.

"저기 중심상가 아시죠. 거기에 폭행 신고를 받고 나갔는데요. 젊은 애들 둘이서 치고받고 싸우는데 둘 다 얼굴이 엉망이더라고요. 떼어내고 현행범 체포해서 순찰차 두 대에 한 사람씩태우기로 했는데, 한 명이 처음부터 안 타겠다면서 뻗대고 발로차고 난리를 부렸거든요. 결국엔 제 옆자리에 겨우 태워서 지구대로 데리고 오는 중에 갑자기 제 허벅지를 꽉 깨무는 거예요. 깜짝 놀라기도 했지만 엄청 아프더라고요. 지구대에 와서 사건접수를 하는데 막 후끈후끈하고 쑤시더니, 나중에 끝나고 보니까 땡땡 부어올라 있었어요. 부장님들이 파상풍 주사 맞아야된다고 하시던데, 아직 병원에 못 갔어요."

M은 이야기를 마치고 휴대전화를 꺼내 사진을 보여 주었다. 화면 속에는 내출혈이 일어나 벌겋고 거무죽죽하게 물든 M의 허벅지가 있었다. 무슨 말이 위로가 될지, 뭐라고 조언해야 할지 알 수가 없었다.

"너 복싱 챔피언이잖아, 그걸 가만뒀어? 머리채를 쥐어뜯어버리지 그랬어!"
"에이. 그러면 안 되죠, 언니."

정작 '그러면 안 될' 일을 한 건 M이 아닌데. 왜 당하고만 있었냐고도, 참아내기를 잘했다고도 할 수 없어 애꿎은 맥주만 들이켰다. M은 카운터로 가서 제 몫까지 맥주 석 잔을 더 시키고 돌아왔다.

　나도 신임 때 하이힐로 두들겨 맞은 적 있어. 나 있던 경찰서는 지파(지구대와 파출소)를 통틀어 1팀에는 나 혼자 여자였거든. 하루는 야간근무를 하는데 옆 지구대에서 지원 요청이 왔어. 술 취한 아줌마가 차도에 뛰어들어서 자살하겠다고 그런다고, 좀 와서 도와 달래. 여자만 여자를 구하고, 남자가 남자만 살리라는 법이 있는 것도 아닌데…….

　아무튼 그래서 갔지. 가서 보니까, 아줌마가 울고불고하면서 죽을 거라고, 차도로 뛰어들려는 거야. 직원들이 팔을 잡고 말리는데, 옷이 막 벗겨지려고 하더라고.

　우리 엄마 나이 좀 안 됐을 것 같던데, 내가 그랬어. "언니, 무슨 힘든 일이 있어서 그래요? 내가 커피 한잔 타 드릴 테니까 우리 사무실 가요, 응? 날도 추운데 따뜻한 데 안 있고 이렇게 밖에 있으니까 춥고 서럽지. 어휴, 추우니까 들어가서 이야기해요." 그랬더니 아줌마가 입을 삐죽삐죽하면서 "야아 이년아, 니이가 사라앙을 알아? 니가아 사랑으을 아아냐고오?" 그러더라고. "언니, 내가 뭘 알겠어요, 사랑 뭐 어렵고 맘 아픈 거나 알지. 같이 우리 사무실로 가서 언니 얘기 좀 듣고 한 수 배워야겠구면." 하고 순찰차에 태웠지. 훌쩍훌쩍 우는데 안쓰러운 거야. 도대체 사랑은 나이를 얼마나 먹어야 알 수 있게 되나 싶어서 짠하기도 하고.

　그리고 잘 왔어. 지구대까지. 근데, 이야, 지구대 딱 들어가니까 사람이 변하더라. 출입문 앞에 드러누워서 소리 지르고 욕을 하기 시작하는 거야. 종이컵에 찬물을 받아서 주려고 갔더니 갑자기 구두를 벗어서 나를 막 때려.

"망할 년아, 네가 사랑을 안다고 했겠다? 어? 네가, 네가 알아? 나도 모르는 걸 네가 알아? 야! 이년아! 알긴 뭘 알아, 쥐뿔을 알아?"

구두 굽으로 맞으면 진짜, 진짜 아파. 팔이고 다리고 막 때리는데, 너무 아파서 구두를 뺏으려고 했더니 이번엔 발로 차더라고. 배를 맞으니까 눈앞이 노래지고 숨이 턱 막히는 거야. 바로 공집방(공무집행방해죄)으로 체포해 수갑 채우고 사건 처리했지.

M도 공무집행방해죄로 사건을 접수했노라고 했다. 나는 "그래, 잘했다." 하고 짧게 대답하고서 다른 이야기로 화제를 돌렸다. M이 겪은 일에 대해 더는 해 줄 이야기가 없었다. "다음번에 누가 또 깨물거나 함부로 하면 한 방 먹여줘. 우리가 그런 일 당하려고 경찰 됐어?"라고는 말할 수 없으니까. "이 일 하다 보면 다들 노상 겪는 일이야, 잊어버려." 따위의 이야기로 위로할 수 있을 리도 없어서. 아니, 위로라고 하기도 이상하지. 그런 일로 슬퍼하거나 상처받을 사람이라면 애당초 이 직업이 어울리지 않으니까.

다만, 다정한 M이 쭉 다정한 사람이기를 바랄 뿐. 깨물리고 얻어맞고 다치는 일이 두 번 다시 없기를. 있다손 치더라도 인간들이며 이 직업이 지긋지긋하다고 생각하게 되지는 않기를.
M이 오늘보다 더 단단한 사람이 되기를, 세상이 다정한 M을 쭉
다정하게 두기를.

막내, 아주 칭찬해

나는 험하게 운전하기와 호통치는 일로는 누구한테도 지지 않을 자신이 있다. 게다가 키가 작고 욱하기를 잘하는 성격이라, 덩치가 크고 차근하게 말할 줄 아는 사람과 짝이 되면 든든했다. 그래서 우리 팀에 나보다 머리 하나만큼 더 큰 신임 직원이 왔을 때 내심 반가웠다. 그 친구는 팀에서 제일 어렸으나 키는 제일 컸고, 눈썹이 진하기로는 파출소에서 둘째가라면 서러울 정도였는데, 알고 보니 누나 손에 끌려가 반영구 문신을 한 게 고작 며칠 전의 일이라고 했다.

막내의 문신한 눈썹에서 딱지가 떨어져 자연스러워질 즈음에 겨울이 왔다. 계절이 세 번 바뀌는 동안 막내는 칭찬과 꾸지람을 번갈아 들으며 맷집이 좋아졌다. 어지간한 일로는 열 받지 않는 훌륭한 자질도 갖추고 있었지만, 아버지가 현직 경찰관인 다른 팀의 신임들에 비하면 왠지 반 박자 느린 듯 보여서 나는 칭찬에 박했다. 그러던 중 막내도 나름대로 내공을 쌓아 어엿하게 한몫을 해내게 되었음을 증명하는 사건이 일어났다.

막내와 한 조가 된 어느 날 밤, 첫 신고가 우리에게 배당되었다. 문제의 남자는 혼자 주점에 들어와서 술을 시켜 마시고는 계산을 요구하던 종업원을 때리고 소란을 피우다가 소파에 널

브러져 자고 있었다. 흔들어 깨우자 그는 혀 꼬부라지는 소리로 "돈 없으니 알아서 하라."며 우리에게도 시비를 걸었다. 남자를 폭행과 사기죄로 체포해서 파출소로 데려오기는 했는데, 사건을 처리하려고 보니 도무지 신원을 확인할 수가 없었다.

"이름이 뭐에요?"

"몰라."

"생년월일이 어떻게 돼요?"

"몰라."

"집이 어디에요? 어디 살아요?"

"몰라."

"집 전화번호가 뭐에요?"

"몰라."

"누구랑 살아요?"

"아, 몰라몰라."

"아저씨, 이러면 곤란해요." 했더니 그는 앉은 바닥에 소변을 보고는 그 자리에 벌렁 눕고 말았다.

끝끝내 내가 그의 정체 밝혀내기를 단념하고 '신원불상의 피의자'에 대한 사건을 접수하는 동안, 막내가 대걸레를 가지고 와서 남자의 소변이 흐른 바닥을 닦았다. 그리고 창문 아래에 간이의자를 가져다 놓더니, 남자의 어깨 밑에 손을 넣어 끌고 가서는 그 위에 앉혔다.

막내는 좀 전까지 남자가 누워 있던 대기석을 마저 청소하고
서 그에게 다가갔다. 그리고는 창문을 활짝 열었다. 부쩍 쌀쌀
해진 11월 늦자락의 밤이었다. 창문에서 쏟아지는 찬바람은 소
변에 젖은 옷을 입고 있던 남자의 체온을 순식간에 떨어뜨렸다.

"아저씨 춥죠? 창문 닫아 줄까요? 근데 아저씨 이름이 뭔지
말 안 하면 안 닫아줄 거예요."
"내 이름……. 김, 김○○……. 김○○이야……. 추워, 추
워……. 창문 닫아줘……."

김 씨 아저씨의 이름을 컴퓨터에 입력하자 '수배 중'이라는 알
림창이 떠올랐다. 이름 밝히기를 극구 거부한 이유가 거기에 있
었다. 그는 오늘처럼 남의 가게에서 엉망으로 굴어 벌금을 선고
받은 전과가 여럿 있었고, 그중 마지막 선고받은 벌금을 내지
않아 수배 중인 상태였다. 그 사실을 넌지시 막내에게 귀띔했더
니 막내는 속창을 닫고 걸쇠를 걸고 겉창을 닫고 걸쇠를 또 걸
어 잠그고는 출입문도 제대로 잘 잠겨 있는지 재차 삼차 흔들
어 보고 문 앞에 버티고 서서 김 씨 아저씨를 지켜보았다.

누가 우리 막내를 눈치코치 없고 노상 무사태평할 거라고 했
나. 이렇게 훌륭하게 제 한몫 잘하는데.

제임스 킴, 잘 지내세요?

　　　　　김 부장님은 내가 경찰로 임용되고서 만난 첫 사수였다.

　우리 지구대는 도내에서 몇 손가락 안에 꼽힐 정도로 바쁜 곳이었다. 지하철역 두 개와 역 근처의 먹자골목, 그리고 아파트 단지 열네 개를 관할하고 있어서 야간에는 신고가 백이십 건 정도 들어왔다. 산술적으로 따지면 팀장님을 제외하고 열두 명인 우리 팀이 두 명씩 한 조가 되고, 대기근무 두 시간씩을 빼면 각 조가 열 시간 동안 삼십 분에 한 건씩의 신고를 처리해야 했다. 말이야 쉽지. 폭행 신고를 예로 들면, 현장에 출동해 싸움을 말리고, 필요하면 지구대로 데려와 사건을 접수하고서 형사팀에 사람과 서류를 넘긴 뒤 다시 지구대로 돌아오기까지 삼십 분밖에 주어지지 않는다는 의미였다. 그야말로 '미션 임파서블'. 베테랑 김 부장님이 초짜인 나와 한 조가 된 것은 어쩌면 당연한 일이었다.

　우리 회사에는 '뼈경찰'이라는 박력 넘치는 표현이 있다. '뼛속부터 경찰'의 줄임말이다. 주로 성실하게 일하는 직원을 칭찬하는 의미로 사용하지만 때로는 일 말고 다른 낙은 없을 것 같은 직원을 반쯤 놀릴 때 쓰기도 한다. 김 부장님은 두 번째 의미로서 '뼈경찰'의 대척점에 있었다. 부장님은 휴무일마다 자전거를 타거나 산을 올랐고, 미용실을 운영하던 사모님 몫까지 초등학생인 두 딸의 학원과 끼니를 챙겼으며, 지구대에서 주방 일을 봐 주시던 여사님이 쉬는 날이면 직접 냉장고를 열고 장을 봐서 팀원들을 배불리 먹였다.

부장님은 "사람이 밥 벌어먹는 일만 중요한 게 아니야, 사는 게 재밌어야지." 하는 이야기를 입버릇처럼 했다. 그래서 부장님이 관내 횟집에서 회 뜨는 기술을 배우기 시작했다고 했을 때도 크게 놀라는 사람은 없었다. "별난 취미를 시작하셨네."라거나 "이제 휴일 근무 때 회 초밥 같은 걸 먹을 수 있으려나." 하는 이야기를 농담처럼 했을 뿐.

그러던 어느 날 부장님과 나는 먹자골목의 술집에서 만취한 손님이 행패를 부린다는 신고에 출동했다. 손님은 테이블 위에 엎드려 자고 있었고 그 옆에 마른안주와 깨진 맥주병 조각들이 흩어져 있었다. 남자를 깨워 앉히자 "내가 여기 단골인데 오늘 외상 좀 하려고 했더니 안 된다고 해서 화가 났다."고 했지만 가게 주인은 "처음 본 사람한테 외상이 웬 말이냐?"며 역정을 냈다. 그러자 남자는 "돈이 없는 게 아니라 기분이 나빠서 계산 못 하겠다!"며 고래고래 소리를 질렀다.

아무리 경찰이라도 남의 지갑을 함부로 열 수는 없기에 남자를 어르고 달래 술값을 내게 한 다음 그의 양쪽 팔을 하나씩 잡고 가게 밖으로 데리고 나왔다.

　부장님은 남자를 태워 보낼 택시를 잡기 위해 그를 부축해 길가에 섰고, 나는 깨진 맥주병에 베인 남자의 손을 치료하러 왔던 119 구급차에 길을 터주기 위해 순찰차 운전석에 앉았다. 갑자기 뒤에서 "악!" 하는 소리가 났다. 황급히 순찰차에서 내려 돌아보니 부장님이 한쪽 뺨을 감싸 쥐고 있었고, 남자는 주먹 쥔 손을 추켜올린 채였다. 가까이 있던 119 구급대원이 김 부장님에게 다시 달려드는 남자의 팔을 붙잡았다. 부장님과 나는 그를 공무집행방해죄의 현행범으로 체포해 지구대로 끌고 왔다. 구급대원 두 명도 함께 와서 '엄벌에 처해야 한다고 생각합니다.'로 끝나는 참고인(목격자) 진술서를 작성해 주었다.

　사건 서류와 남자를 경찰서 형사팀에 인계하고 돌아오는 동안 부장님에게 무슨 말을 해야 할지 알 수가 없었다. '부장님, 아프시죠. 괜찮으세요? 저도 앞으로 이런 일을 종종 겪게 되나요?' 머릿속으로 오만 가지 생각을 하고 있는데 부장님이 한참 만에 입을 열었다.

　"김 주임, 내가 있잖아. 사실은 캐나다 이민 준비하고 있다. 겨울에 간다."

　무더위가 막 시작된 참이었다. 이별을 예고하는 부장님의 말투는 담담했다. 전부터 막연히 생각해 오던 캐나다 이민은 얼마 전에 사모님의 미용실을 인수하겠다는 사람이 나타나면서 현실이 되기 시작했다고 했다. 부장님이 횟집에서 일을 배우게 된 것도 캐나다에서 밥벌이할 방도를 고심한 결과이고.

부장님은 '기면 기고 말면 말고' 하는 성격이었는데, 경찰 일을 '말고' 쪽에 놓게 된 데에는 분명히 건강 문제도 큰 몫을 했을 거라는 생각이 들었다. 부장님은 스트레스와 야간근무가 사람을 망가뜨린다고 자주 이야기했고, 아닌 게 아니라 부장님은 깜빡 잠이 들면 가끔씩 숨을 못 쉬다가 갑작스레 몰아쉬고는 해서 사람들을 놀라게 했다.

김 부장님은 그해 겨울에 명예퇴직을 하고 가족들과 함께 캐나다로 떠났다. '제임스 킴'이라는 이름으로 페이스북 계정에 올라오는 사진들은 하나같이 얼굴빛이 밝고 여기에서보다 살이 붙은 모습이었다. 사모님은 한인 미용실에서 일을 시작했고 부장님은 초밥집에서 회칼을 잡게 되었다고 했다. 부장님이 구석에 자그마하게 나와 있는 사진의 배경은 주로 눈 덮인 산과 호수, 석양 같은 것들이었는데 '저런 곳에서는 사람들 사이의 지질지질한 다툼이나 마음속의 폭풍 같은 건 아무것도 아니겠구나.' 하는 생각이 들었다.

캐나다에서 전하는 연락이 뜸해진 것은 부장님이 행복하게 지내고 있다는 방증이리라. 김 부장님은 "김 주임, 함 놀러 와라. 구경시켜 줄게." 했지만 여태 한 번도 못 갔다. 그리고 이제는 다시 연락하기 새삼스럽고 뜬금없어 보일 정도로 한참 전의 일이 되어 버렸다. 내가 전하는 안부 인사가 부장님으로 하여

금 지린내 나는 순찰차 안에서 쪽잠을 잤던 일, 그 쪽잠 사이에 무호흡증으로 힘들었던 일, 술 취한 사람에게 까닭 없이 얻어맞았던 일 따위를 돌이켜 생각나게 할까 싶어 몇 번이나 키보드에 손을 얹었다가 그만두었다.

종종 몸이 고되고 마음이 복잡한 날에는 멍한 머리로 창밖을 내다보며 이런 생각을 한다.

'회 뜨는 기술을 배울 수 있는 횟집이 이 근처에도 한 곳 정도는 있겠지? 밴쿠버에서 만나게 되면 김 부장님은 자신을 제임스 킴이라고 부르게 하려나.'

스위치를 끕니다

장마철이지만 복도에는 비 오는 날 특유의 쿰쿰함과는 확연히 다른 역한 냄새가 가득 차 있었다. 고시원 총무는 주저주저하다가 "이거 시체 썩는 냄새 맞죠?" 하고 물었다. 나와 사수는 대답 없이 그에게서 마스터키를 건네받아 방문을 열었다.

좁은 곳에 갇혀 있던 냄새가 쏟아져 나왔다. 마주 보이는 옷장에 기대어 검은 물체가 허물어져 있었다. 손잡이에 끈을 묶어 목을 맨 사체였다. 보일러가 켜져 있어서 방바닥이 절절 끓었다. 소주를 사들고 가던 변사자의 마지막 모습이 촬영된 CCTV 영상은 불과 닷새 전의 것이었지만, 철 지난 난방 탓에 사체는 심하게 부패해 있었다. 뒤에서 헛구역질 하는 소리가 들렸다.

고시원 총무는 어딘가로 달려가더니 빨랫줄과 담요를 가지고 왔다. "이걸로 냄새를 좀 막을 수 있을까요?" 그가 어떤 대답을 기대하는지 표정에서 읽을 수 있었다. 사수는 "그렇겠죠?" 하고 대답했지만, 눈으로는 다른 이야기를 했다. '소용없어요.'

나는 구더기가 일지 않은 것이 다행이라고 생각하며 문을 도로 닫았다. 과학수사팀이 오기를 기다리는 동안 총무가 방으로 향하는 통로에 빨랫줄을 달고 담요를 걸었다.

주택가에 가까운 야트막한 산에서 '시체 썩는 냄새'가 난다고 했다. 사수는 돌계단을 오르며 "이쪽 나무에는 작년, 저쪽 나무에는 재작년에 목을 맨 사람이 있었다."고 했다. 나를 겁주려는 장난이라는 생각이 절반, 그런 일로 거짓말을 하겠냐는 생각이 절반쯤 들었다.

신고자는 테니스장 부근에서 냄새가 난다고 했지만, 진원지는 그곳이 아니었다. 들큼하고 쿰쿰한 냄새는 올라갈수록 짙어졌다. 어느새 해가 떨어지고 등에 흐르던 땀이 식으며 한기가 들기 시작했다.

내려오던 등산객 하나가 "시체 썩는 냄새 맞죠? 이 안에 뭐 없을까요?" 하며 상수리나무가 우거진 곳을 손가락으로 가리켰다. 마침 우리도 같은 생각을 하던 참이었다. 내가 손전등을 내리비치는 동안 사수가 삼단봉으로 덤불을 헤치며 비탈을 내려갔다.

"찾았다!" 변사자는 나뭇가지에 밧줄로 목을 맸는데, 사수의 말로는 이미 머리와 몸통이 분리되어 있다고 했다. 몰려들었던 사람들 사이로 웅성거림이 퍼졌다. "맞네. 있네, 진짜."

아파트 9층 복도에서 투신한 사람이 있었다. 우리가 현장에 도착했을 때는 이미 119 구급대가 투신자를 병원으로 옮긴 뒤였고, 동행하지 못한 가족들이 망연자실하여 남아 있었다. 이른 새벽녘이라 구경꾼이 많지 않았던 것만이 남은 가족에게는 다행인 일이었다.

잠옷 차림으로 주차장 아스팔트 바닥에 주저앉아 있던 젊은 여자가 "엄마, 엄마아!" 하고 울부짖었다. 연신 손으로 때리는 바닥 앞에 피가 고여 있었다. 피 웅덩이 안에 몽글몽글한 하얀 덩어리가 보였다. 모친의 머리에서 쏟아져 나온 잔해로부터 떨어뜨려놓는다면 여자가 처절한 울부짖음을 그치게 될지 확신이 서지 않았다.

잠시 지켜보고 있노라니 아파트 경비원이 옆에 와서 "저 집 아주머니가 우울증이 오래돼서 가족들이 많이 힘들었는데 결국……. 쯧쯧." 하고 혀를 찼다. 투신자는 딸과 말다툼하던 중에 집 밖으로 뛰쳐나와 계단을 올랐다고 했다. 가족들은 후회와 자책으로 오래도록 괴로워하리라.

동생이 자살 시도를 했다고 신고한 사람은 고등학생인 언니였다. 부모는 구급차를 타고 병원으로 갔고, 집에는 언니와 막내 남동생이 남아 있었다. 늦둥이 막내가 무심하게 텔레비전을 보는 동안 언니가 사정을 설명했다.

"요즘 시험 기간인데 스트레스를 엄청 받는 것 같더라고요. 학교 갔다 와서 공부한다고 자기 방에 들어갔는데, 한참 있다가 컥컥 하는 소리가 나더라고요. 걔가 자기 방 들여다보는 걸 엄청 싫어해요. 그래서 커튼을 살짝 열어 봤더니 비닐봉지를 쓰고 스카치테이프로 둘둘 감아 놔서……."

자매는 방 한가운데에 커튼을 달아 공간을 둘로 나누어 한 쪽씩 쓰고 있었다. 동생의 책상 위에는 《외고 입시전략》,

《TOEIC 990》,《TEPS 100일 완성》따위의 책들이 한가득 펼쳐져 있었다. 병원으로 간 119 구급대원에게 전화했더니 소생 가능성을 장담할 수 없다고 했다.

몇 달째 헬스장에서 퍼스널 트레이닝을 받고 있다. 근력 운동 세트와 세트 사이에 트레이너 선생님과 시답잖은 이야기를 하며 낄낄대는 것이 운동할 때의 낙이다. 며칠 전에는 선생님이 전에 일하던 헬스장에 거꾸리● 때문에 경찰이 출동했던 이야기를 들었다.

어느 날 거꾸리를 하던 사람이 한참동안 내려올 생각을 하지 않더란다. 차례를 기다리던 이가 '이제 그만 나오라'는 말을 하려 다가갔더니 웬걸, 거꾸리 주변에 소변이 흥건히 고여 있었다고. 출동한 119 구급대는 거꾸리에 매달려 있던 사람이 이미 사망한 것을 확인했고, 헬스장에는 지구대 직원들과 과학수사팀과 형사들이 번갈아 다녀가느라 한동안 어수선했단다.

이야기를 듣고서 문득 거꾸리를 돌아보니 빨간 바지를 입은 배불뚝이 아저씨가 누워 있었다. 만약 저 아저씨가 거꾸리에서 무사히 내려오지 못하는 일이 생기면 어떡하나. 아마 나는 허둥허둥 112와 119에 전화를 하고서 손톱을 물어뜯으며 그들이 도착하기를 기다리고 있지 않을까. 근무 시간에 일로서 맞닥뜨린다면 무슨 일이든지 어떻게든 할 것 같은데, 일을 마치고 집으

● 발목을 고정해서 머리가 아래쪽을 향하도록 거꾸로 매달리게 하는 운동 기구를 뜻한다.

로 돌아오면 '탁' 하고 스위치가 꺼지는 것 같다.

　사소하고 미묘한 것에서부터 격렬하고 비통한 것까지, 온갖 일들을 오래도록 다루려면 "지금부터 시작합니다." 그리고 "이제 그만 마치겠습니다." 하는 스위치가 필요한 듯싶다.

　"경찰은 '제복 입은 시민'이라지만 퇴근하고 나면 모든 책임과 의무를 면하는 보통의 시민이 되도록 해 주세요. 오늘 일은 오늘 근무하는 사람들이 잘 해내지 않겠습니까. 어중간하게 켜 두면 오래 못 가서 퓨즈가 나가 버릴 테니까, 스위치 끌게요. 부디 찾지 말고 묻지 말아 주세요."

경찰관의 삶과 죽음을 함부로 하지 말 것

경찰서 시무식에서의 일이다. 서장님이 나더러 신년 인사를 한마디 하라고 하시기에 절찬리에 상영 중이던 영화 〈신과 함께〉를 보고 온 이야기를 했다. 소방관인 주인공이 불타는 건물에서 추락해 사망하고 동료들이 오열하던 초반부에서부터 눈물이 터져서 영화를 보는 내내 숨죽여 훌쩍거리느라 애먹었다고. 우리 경찰도 마찬가지로 죽음과 가까이서 일하고 있지 않은가, 동료와 국민을 아낌없이 사랑하는 한 해를 보내자고 했다.

"현장에서 함부로 행동했다가는 사신이 명부에 이름을 적으니 경찰관은 항상 조심해야 한다."

서장님의 마지막 말씀으로 행사가 마무리되었다.

사무실로 돌아오는 길에 생각나는 일이 있었다. 파출소에서 근무하며 먹신*과 잠신*의 총애를 받던 때의 일.

나도 사람인지라 출근하기 전에 먹는 때 이른 저녁밥과 서너 시간의 얕은 낮잠으로 야간근무 열두 시간을 버티기엔 역부족이었다. 운전을 하고, 이야기를 듣고 달래거나 으름장을 놓고, 때로 전력을 다해 뛰거나 수갑을 채우고, 때때로 꼬집히거나 걷어차이다 보면 청하지 않고도 얻어먹은 욕 몇 마디로는 달랠 수 없는 허기가 몰려왔다.

대기근무[●] 두 시간은 얇은 벽 너머 들리는 민원인들의 고성과 언제 부를지 몰라 켜둔 무전기 소리로 선잠조차 들기 힘들었지만, 그마저도 건너뛰어야 할 때가 많았다.

그럼에도 불구하고 먹신과 잠신이 주는 고난에서 벗어날 수 있는 장소가 단 한 곳 있었다. 삼거리에 있는 버거킹 드라이브 스루 맞은편 교통섬이 바로 그곳이었다. 배고픔과 졸음과 사람에 시달리다 보면 교통섬에 세워 둔 순찰차에 앉아 와퍼 주니어를 빈속에 욱여넣고 잠시 뻑뻑한 눈을 감고 있을 겨를이 간절해지기 마련이었다.

어느 날 밤 와퍼 주니어를 사는 것이 내 차례니 네 차례니 하며 순찰차를 타고 버거킹으로 향하고 있던 때였다. 버거킹 삼거리 왕복 6차로 한가운데에 SUV가 한 대 서 있다는 신고가 들어왔다. 운전자가 자는 건지 죽은 건지 모르겠다고 했다. 현장에 도착해 순찰차를 문제의 차 뒤에 세우고 안을 들여다보니 아니나 다를까 핸들에 볼을 대고 엎드린 운전자의 어깨가 들썩들썩하는 것이 딱 음주운전 중에 잠든 모양새였다. 큰 소리로 부르며 창문을 두드리고 손전등으로 얼굴을 비추어도 그는 도무지 깨어날 기색이 없었다.

[●] 지구대·파출소 순찰팀에서 야간근무를 할 때 순번을 정해 두 시간씩 휴게시간을 주는데 보통 탈의실 겸 휴게실로 사용하는 공간이나 세워 둔 순찰차에서 쪽잠을 잔다. 처리해야 할 사건이 있거나 신고가 폭주해서 지정된 휴게시간을 지나 버리는 경우에는 그대로 밤을 새워 일해야 한다.

별수 없이 차 문을 비틀어 열 생각으로 119에 도움을 청했다. 손실보상과 손해배상과 국가의 구상권 행사 그리고 자비 변상에 관한 짧은 논쟁 끝에 경찰 둘과 119 대원 둘, 도합 네 명이 힘을 합해 차를 좌우로 흔들며 고출력 손전등으로 차 안을 밝혔다.

이때 사신死神이 예고 없이 나타나더라.

사신은 차 안의 남자를 깜짝 놀라게 해 깨운 뒤 브레이크에 얹어 둔 발을 떼게 했고, 기어가 드라이브에 놓여 있던 차를 앞으로 나가게 했으며, 더욱 놀란 남자가 차를 멈추는 대신 가속페달을 밟게 만들었다. 그리고 나에게는 다른 생각을 할 겨를도 없이 순찰차 안으로 뛰어들어 가속페달을 힘껏 밟도록 했다.

나는 곧 SUV를 앞질러 순찰차를 삼거리 한가운데에 급히 세웠다. 충격과 파열음을 예상하며 숨을 멈추던 찰나, SUV가 날카로운 소리를 내지르며 순찰차에서 불과 이삼 미터 떨어진 곳에 겨우 멈춰 섰다.

소란스러웠던 삼거리에는 한순간 정적이 흘렀고, 얼마 안 있어 남자가 넋 나간 표정을 한 채 차 밖으로 나왔다. 나는 숨을 몰아쉬며 미란다원칙을 고지하고 그를 끌어다 순찰차 뒷좌석에 태우고서 문을 쾅 닫았다.

사신 같은 소리 하며 웃기지도 않은 소설 쓰고 앉아 있다고 누군가는 한마디 할지도 모르겠다. 그러나 (야간근무 때 기회만 생기면 뭘 먹거나 눈 좀 붙이려고 안간힘을 쓰는) 자기 보존 본능에 충실한 내가 앞뒤 가리지 않고 그런 상황에 뛰어든 일을 다른 말로는 도무지 설명할 수가 없다. 뭔가에 홀려서 그랬다고 할 수밖에. 가까스로 사고를 면한 것도, 마지막 순간에 사신이 내 이름을 명부에 쓰는 일을 어느 다른 밤에 하기로 변덕을 부렸을 뿐이라고 할 수밖에는.

위험을 무릅쓰고 일하는 공무원의 순직을 인정하는 일에 법관의 마음 씀이 너무 박하지 않기를 바란다. 생삿길은 예 있으매 우리는 간다 말도 못다 하고 가리니.

제2장

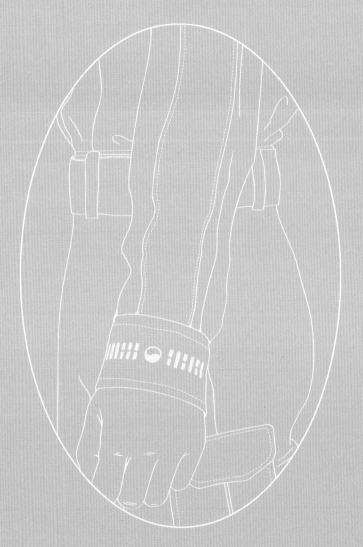

노옹에게 속아 넘어간 할머니들을
어리석다고 하지 말자. 우리도
사랑에 빠지면 평소에 하지 않을
행동을 종종 하니까.
사랑의 멋짐을 모르는 자,
사랑의 이름으로 못된 짓을 하는 자가
나쁠 뿐이다.

바늘 도둑이 소를 훔치겠니

　　내가 수사를 처음 배운 곳은 사이버범죄수사팀이었다. 이름에 '사이버'가 들어간다고 해서 대단히 멋진 장비를 두고 일하는 곳은 아니었고, 사무실에 수사과 공용 팩스가 놓여 있다는 점, 경찰서에서 유일하게 무선인터넷이 가능한 공간이라는 점 외에는 특별한 게 없었다.

　　한 가지 유별난 점이 있긴 했다. 조사를 받으러 오는 이들 중에 학생들이 차지하는 수가 다른 부서에 비해 압도적으로 많았다. 아이들은 문화상품권이나 게임 아이템 같은 걸 사기 위해 돈을 보냈는데 판매자가 연락 두절되었다며 신고하러 왔고, 운동화나 티셔츠를 판다며 돈을 받고는 "내일요, 내일 부칩니다. 내일 보내드린다니까요." 하다가 출석요구를 받기도 했다.

　　중학교 3학년이던 A군은 후자의 경우였다. A군은 휴대전화를 팔겠다는 글을 인터넷에 올렸고, 사겠다는 사람으로부터 십몇 만 원을 이체 받고는 연락을 끊었다. 일주일 후 상대방이 접수한 사기사건은 A군의 주소지 관할인 우리 경찰서로 이송되어 왔다. 조사를 받으러 온 A군은 잔뜩 주눅이 들어 있었다.

　　"너, 처음부터 돈만 받고 안 보낼 생각이었던 거 아니야? 그

물건 갖고는 있어?"

"일부러 그런 건 아니고요……. 아니에요. 네, 갖고 있어요."

A군은 주머니에서 휴대전화 한 대를 주섬주섬 꺼냈다. 자기가 쓰다가 팔려고 했던 것이고, 돈을 송금 받은 날 버스에서 내리다가 떨어뜨려 화면이 깨졌다고 했다. 문자 메시지며 인터넷 쪽지를 확인하지 못하니 피해자에게 연락할 수도, 돈을 돌려줄 수도 없었다고 했다.

선택지는 두 개였다. 하나는 사기의 의도가 없었다는 A군의 해명을 믿고 피해자에게 돈을 돌려주도록 한 뒤 사건을 종결하는 것. 다른 하나는 A군에게 '사기사건 피의자'라는 라벨을 붙여 형사사법절차의 컨베이어 벨트에 밀어 넣는 것. 출석요구를 하기 전에 확인한 A군의 범죄경력조회서가 백지였다는 점이 계속 나를 고민하게 만들었다.

결국 나는 A군의 변명을 그대로 조서에 기록하기로 했다. 경찰서에 와서 조사 받으며 느낀 곤혹스럽고 괴로운 심정을 교훈 삼아 바른길을 찾아가기를 기대했다. 죄책감의 무게가 그의 앞날에 채찍질이 되기를 바랐다.

"그래, 진짜지? 알겠어."

며칠 후 A군의 어머니로부터 피해액을 변제 받았다는 피해자의 전화를 받고 사건을 '혐의없음' 의견으로 마무리했다.

나는 A군의 사건으로 마수걸이를 하고 A군과 닮은 아이들을 백 명 남짓 조사하고서 사이버범죄수사팀을 떠났다.

그리고 몇 년 후. 한참 만에 들른 사이버팀 사무실에는 바뀐 것이 거의 없었다. 노총각에서 딸 바보 아빠로 거듭난 옛 동료도 여전히 같은 자리에서 사건 서류에 철끈을 꿰고 있었다. 철끈이 꼬리에 꼬리를 물고 이어져 있는 모양을 보니 여러 개의 사건이 하나로 병합된 듯했다. 자리에서 일어서자 서류 더미는 그의 가슴께까지 왔다. 어디 보이스피싱 조직이라도 하나 검거했냐고 묻자 그가 이렇게 대답했다.

"A라고 요즘 아주 유명한 애 있어. 인터넷 물품 거래 사기인데, 걔 사건, 내가 가지고 있는 것만 백이십 개야. 팀장님도 삼십 개 있고. 이번에 구속시켜서 지금 구치소에 가 있거든. 서류가 이제 다 돼서 송치하려고. 그 자식, 돈 받아서 뭐 했냐고 하니까 술 마시고 도박하는 데에 다 썼다더라. 스무 살밖에 안 된 놈이."

내가 인간에 대해 뭘 안다고 함부로 자신했나. 바늘 도둑이 소 훔치는 도둑 안 되리라고.

함정수사

　　과연 풋내기라도 형사는 형사인지라 나한테도 범죄 첩보라는 게 들어왔다.

　"인터넷에서 담배를 파는 사람이 있는데 돈을 보내면 택배로 부쳐 준대요. 그러면 안 되는 거 아니에요?"

　안 되지. 소매인이 아니고서야 담배를 팔아서는 안 되고, 소매인이라도 인터넷을 통해 담배를 팔면 위법이다. 게다가 청소년들이 주 고객이 될 테니 청소년보호법을 위반할 가능성도 있고.

　"그렇죠. 그러면 안 되죠. 그래서 그 사이트가 어디예요?"

　팀장님은 '함정수사'를 해 보라고 하셨다. 돈을 보낸 뒤에 정말로 담배를 부쳐 주는지 보라고. 돈만 꿀꺽하고 만다면 사기죄로, 담배를 보낸다면 담배사업법 위반 사건으로 처리하면 된다고. 엎치나 메치나 죄가 되기는 마찬가지였다.

　나는 전달받은 인터넷 주소로 접속해서 게시글의 작성자에게 쪽지를 보냈다. "던힐 일 미리 한 보루 살게요. 얼마예요?" 채 오 분이 지나지 않아 '깔삼보이'가 답장을 보내왔다. "저도 힘들게 뚜른거임. 한 갑에 삼처넌씩 더 주셈. 배송비는 제가 부담함."

사실 나는 보낸 돈을 떼어먹히리라고 생각했다. 그러나 예상과 달리 다음날 택배로 받은 상자에는 상한 곳 하나 없는 담배 열 갑이 들어 있었다. 상자와 담배를 사진으로 찍고, 유성 매직으로 상자에 '증 제1호'라고 쓴 뒤 담배와 함께 증거물 봉투에 담았다. 그리고 영장을 발부받아서 글이 올라와 있던 사이트를 운영하는 회사에 깔삼보이의 회원 정보를 요청했다.

"이 새끼, 열일곱 살인데요?"

회신을 받아 보니 내가 파 놓은 얕은 함정에 걸려든 것은 고등학교 일 학년짜리였다. 깔삼보이가 먼 지역에 살고 있기에 관할 경찰서의 형사에게 대신 조사해 달라고 부탁했다. 깔삼보이가 조사를 받으며 이야기하기를, 신분증 검사를 하지 않고 담배를 파는 가게를 우연히 알게 되어 사업을 구상하게 되었단다. 짜식이 반성은커녕 "아 씨. 첫 방에 걸렸네……"라고 했다는데. 사업 아이템은 기발했으나 이놈아, 그 머리를 다른 데에다 쓰지.

인터넷으로 상품을 주문하고서 돈을 보내고, 택배를 받고, 포장을 뜯어서 내용물을 확인한 게 전부였는데 '함정수사'라니, 김샌다고? 함정수사란 게 대단히 거창하고 복잡다단해서 재주 좋은 형사들만 할 수 있는 건 아니다. 영화랑 현실은 다르다니깐? 알면서!

사랑의 멋짐을 모르는 당신은 불쌍해요

　　수사 부서에 근무하면서 가장 두근거리는 상황은 한밤중이나 이른 아침 또는 주말에 휴대전화 벨이 울리고 화면에 낯선 번호가 뜰 때였다. 종종 그런 전화는 계획에도 없던 장거리 여행에 악질 범죄자와 함께 캐스팅되었다는 소식을 전해주기 때문에. 어느 금요일 퇴근 직후에 051로 시작하는 번호에서 걸려온 전화는 내가 맡은 수배자가 부산에서 잡혔다는 낭보(또는 비보)를 전했다. 주말이여, 안녕.

　할머니는 그가 멋쟁이였다고 했다. 회색 양복을 위아래로 갖춰 입고 흰 셔츠에 붉은 넥타이를 매고서 기름을 발라 빗어 넘긴 머리에 중절모까지 얹어 쓴 노옹은 동묘앞역에서 흔히 볼 수 있는 캐릭터가 아니었다. 그는 노약자석에 앉아 옆자리에 있던 할머니에게 말을 붙였다.
　"시장에 오랜만에 왔는데 옛날 같지 않구먼. 이제 저세상 가서 친구들이나 만나야 재밌으려나. 나이 들어 좋은 건 지하철에 앉아 가는 것밖에 없네."
　과부 마음은 홀아비가 안다고. 할머니는 "시간도 많고 돈도 쓰고 죽을 만큼은 있는데, 정 붙일 사람만 없다."는 노옹에게 자신의 적적한 처지를 터놓고 이야기했다.

"자네도 그런가?"

"그렇지."

"참말인가?"

"참말이지, 그럼."

시간이 어찌 갔는지 모를 이야기 중에 할머니는 지하철에서 내려야 했고, 노옹은 자신의 전화번호를 쪽지에 적어 할머니의 손에 쥐여 주었다. 그 일이 있고 며칠 안 지나 할머니는 몇 십 년 만에 영화관에서 영화를 보았고, 오랜만에 다방에 갔고, 이번 생에 처음으로 장미꽃을 받았다.

그러던 어느 날, "내가 혼자 고민하다가 결심하고 자네한테 이야기하려는 게 있다."는 이야기를 듣고 할머니는 설레는 마음으로 약속장소인 다방으로 갔다. 뜻밖에 그곳에는 노옹과 함께 '죽은 줄 알았던 고향 후배'라는 사람이 있었다. 그가 이야기를 꺼냈다.

"내가 젊을 때 형님한테 은혜 입은 게 많아요. 이제야 내가 떳떳하게 형님을 만나게 돼서 보답하려는데, 형님이 여사님 있는 데서 같이 이야기하자 그러시더라고. 옛날에 모 정권이 딴 나라에서 금괴를 몰래 들여왔어요. 근데 이제 정권이 바뀌었잖아. 지금은 내가 그걸 팔아다가 자금 융통해 주는 장사를 해요. 금괴를 내놓는 사람들은 구리니까 어쩔 수 없이 싸게 내놓고, 나는 제값에 파니까 크게 남아요. 이번엔 여러 개가 한꺼번에 나

081

와서 형님한테 기회를 드리려고요. 내가 아무한테나 하는 이야기가 아니에요. 우리 형님이나 되니까 하는 거지. 그런데 형님네 자식것들이 돈을 다 쥐고 있어서 못 하시겠다더라고. 내가 더는 이야기 안 하겠지만, 여하튼 그래요. 그러니까 여사님이 우리 형님 좀 도와주셔요. 이번에 한몫 해가지고 형님이랑 떵떵거리면서 백년해로하셔요."

할머니는 당장에 삼천만 원을 은행에서 인출해다가 고향 후배에게 건넸고, 노옹은 "일이 잘되면 자식들한테 우리 사이를 이야기하자."며 할머니의 두 손을 감싸 쥐었다. 고향 후배는 일주일 뒤 공공칠가방에 오천만 원을 담아 와 돌려주었다.

할머니는 그 오천만 원에 다시 팔천만 원을 더해 도합 일억 삼천만 원을 건넸으나 약속한 날 다방에는 고향 후배도 노옹도 나타나지 않았고, 이후 어디에서도 그들의 자취를 찾을 수 없었다.

노옹은 동종 전과 13범의 사기꾼이었다. 사건 이후 여러 해의 도피 생활 끝에 노옹은 한 손에 꼽기 어려울 정도의 갖가지 병을 얻었고 병원 약제실에서 약을 기다리던 중에 수배 사실이 밝혀져 체포되었다.

그는 덥수룩한 머리에 얼굴과 손발이 퉁퉁 부은 채 지저분한 남색 트레이닝복을 위아래로 입고 발을 딛을 때마다 찌걱찌걱 소리가 나는 슬리퍼를 신고 있었다. 수배자를 호송할 때는 수갑을 채우고 포승줄로 포박하는 것이 원칙이지만, 노옹의 손목은 수갑 날이 겨우 맞물릴 정도로 부어올라 있었고 보폭도 한 뼘 남짓밖에 되지 않아 굳이 포승줄을 쓸 필요도 없었다.

"할머니들한테 못된 짓 하고 맘 편하게는 못 지내셨나 보네? 몸이 상하신 걸 보니까. 계속 도망 다니신 거나 사건 사이즈로 봐서는 할아버지 이번에 구속시킬 거야, 내가. 죗값 받을 각오는 하셨지? 할머니들 대질조사 한번 하면 사과할 의향은 있으셔?"

노옹은 고개를 저었고, 만 하루가 안 지나 구속영장이 발부되었다. 병색이 완연하던 모습을 생각하면 법원보다 저승사자의 심판이 먼저 이루어졌을지도 모르는 일이다.

노옹에게 속아 넘어간 할머니들을 어리석다고 하지 말자. 우리도 사랑에 빠지면 평소에 하지 않을 행동을 종종 하니까.

사랑의 멋짐을 모르는 자, 사랑의 이름으로 못된 짓을 하는 자가 나쁠 뿐이다.

한밤중에 산 타는 사람들

자정을 좀 넘은 시간. 사람들이 떼로 모여 도박을 하고 있다는 신고가 들어 왔다. 신고자는 "오십 명쯤 되는 사람들이 산속 비닐하우스에서 영화 〈타짜〉에 나오는 도박을 한다."고 했다. 나는 하우스 도박을 단속해 본 적은 없지만 그 영화는 여러 번 봤다. 거기서 보면 노름꾼들이 대책 없이 설렁설렁 도박판을 벌이지는 않을 것 같던데. 그렇기는 하지만 상황실에는 비상이 걸렸다. 오십 명이라니까. 동원할 수 있는 근무자를 모두 불러 산으로 보냈다.

고니와 아귀의 한 판 대결을 상상하며 한동안 상황을 지켜보고 있노라니, 아무래도 쉬이 마무리되지는 않겠다는 생각이 들었다. 뒤늦은 감이 있었지만 차를 타고 현장으로 쫓아갔다.

신고자는 형사 몇 명과 함께 산 밑에 있었다. 도박판이 어디에 벌어졌는지 딱 집어 준다면 덮쳐서 잡든가 모두 도망간 걸 확인하기라도 할 텐데, 그는 "정확한 위치는 모르고 이 근방 어디서 하고 있는 것만 안다."며 속을 답답하게 했다. 판돈을 내리잃고 나와서 분한 마음에 다들 엿 먹어 보라고 신고를 했지만 막상 경찰이 출동하니 꺼림칙한 모양이었다.

차로 올라가는 깜깜한 산길에는 개미 한 마리 지나가지 않았다. 길은 또 어찌나 구불구불한지, 차를 돌려 나올 틈새도 없어서 앞선 차를 마냥 따라갈 수밖에 없었다. 승합차로는 더 올라갈 수 없을 만큼 길이 좁아지기에 그 자리에 멈춰 서서 위로 올라간 사람들을 기다려 보기로 했다. 관할 지구대 팀장님이 순찰차들을 이끌고 비닐하우스들을 수색하고 있지만 인기척이 나는 곳은 아무 데도 없다고 했다. 조금 있다가는 "찻길이 끊겨서 더는 갈 수가 없고, 걸어서 주변을 돌아보겠다."는 무전이 들렸다.

하여 도로 산을 내려왔더니, 형사들이 신고자로부터 "경찰이 출동하던 바로 그때 도박장이 파하고 다들 도망갔다고 하더라."는 진술을 확보해 둔 상태였다. 어떻게 눈치 챘는지는 모르겠지만 경찰이 출동했다는 이야기와 함께 문방●이 노름꾼들을 산 밑으로 몰아 도망시켰다고 했다. 신고자는 도박장을 박차고 나와서도 아쉬운 마음이 들었는지 안에 있던 사람으로부터 돌아가는 형편을 듣고 있던 눈치였다.

그가 겸연쩍은 표정으로 자신이 잘 아는 경찰관들이라는 몇몇 이름을 주워섬기며 "내가 누구 형이랑 누구 형을 잘 아는데. 아직 근무하죠? 그 형들 잘 지내요?" 하고 주절거렸지만, 우리 중 그런 사람을 아는 이는 아무도 없었다. 그가 형사들의 추궁을 피하기 위해 옹색한 꾀를 부리는 꼴에 헛웃음이 나왔다.

● 도박장에서 망을 보는 사람을 일컫는 말이다.

멋대가리 없는 양반아, 결과에 승복할 수 없다면 도박을 하지 마시오.

도박이란 게 정말 사람을 치사하고 야멸차게 만드는 듯싶다. 돈을 따고 있을 때는 마냥 '지금 이 순간 마법처럼, 남은 건 이제 승리뿐'일 것 같지만, 한 번 수가 틀리고 나면 방금 전까지 희로애락을 함께하던 동지들을 경찰에 신고하게 되니 말이다. 국가가 나서서 도박을 법으로 금지한 까닭도 아마 만백성이 서로 신뢰하고 품위를 지키며 살라는 뜻에 있겠거니 싶다.

C 경감과 나의 연결고리

옷깃만 스쳐도 인연이라고 하던데. C와 나는 전생에 옷깃을 스친 정도가 아니라 옷장을 함께 쓰던 사이쯤은 됐을 거다. 대학교 과 동기, 경찰 동기에다 같은 해에 승진하고 한 경찰서에서 함께 근무하기까지. 어느 하나도 함께 해 보자고 의기투합한 적이 없었으니 그야말로 대단한 인연이다.

대학교 같은 과 동기 쉰 명 중에 여자는 여덟 명이었다. 그 여덟에는 키가 큰 넷과 작은 넷이 있었고 C는 큰 넷 중 하나, 나는 작은 넷 중 하나였다. C는 떠들썩한 술자리 이후 남자 동기에게서 좋아한다는 고백을 받는 인기인이었고, 나는 학교 근처 자취방에서 밤새 떠들다가 해장 컵라면을 먹고 아침 구보를 나서는 무리 중의 하나였다.

대학교 2학년을 마치고서 C는 경찰이 되기로 마음먹고 학교에서 신림동 고시촌으로 적을 옮겼지만, 나는 한 학기를 더 다니고 다음 한 학기는 쉬고 또 한 학기를 학교에서 얼렁뚱땅 지내고서야 신림동에 들어섰다. 그동안 C는 수험생들 사이에서 다음해 합격이 확실한 재야의 고수로 유명해져 있었다.

그런 C와 내가 시험에 함께 합격한 것은 놀랄 일이었다. 경찰

채용시험 중에서도 C와 내가 치른 것은 한 해에 남자 45명, 여자 5명을 뽑는 시험이었고, 그해 여자 경쟁률은 60 대 1이었다. 최종 합격자 발표 전날 C의 어머니는 C와 내가 함께 짐을 싸 들고 조잘대면서 어디론가 가는 꿈을 꿨다고 하셨는데, 우리는 일주일 후 그 꿈처럼 경찰교육원에 짐을 풀게 되었다.

교육을 마칠 즈음 1천 점 만점으로 성적을 매겨 순서대로 초임지 선택 우선권을 주었다. 소수점 차이로 선순위를 얻은 C는 내가 살던 S시를 선택했고 나는 C가 살던 G도에서 근무를 시작했다.

그 뒤로도 우리의 인연은 이상하리만치 계속되었다. 경찰청에서 한동안 같이 근무하게 되었다든가 비슷한 시기에 C는 다시 S시로, 나는 G도로 발령 받아 경찰서로 돌아왔다든가 하면서. 몇 년 후 C와 나는 승진하고 G 경찰서에서 다시 만났다. C가 근무하던 도시에서 승진한 사람은 G도에 발령을 내는 것이 관례이기는 했지만, G도에만 경찰서가 서른 개가 있는데 이런 우연이! 인사발령 명단을 확인하고 믿기지 않는 인연에 놀라 서로에게 동시에 전화하느라 '고객이 통화 중'이라는 안내 멘트를 여러 번 들어야 했다.

G 경찰서에서 한 해를 함께 지내며 C와 나는 한 달이 네 주면 네 번, 다섯 주까지 있는 달에는 다섯 번 함께 술을 마셨고, 해장 쌀국수는 그 곱절 정도 함께 먹었다. 만나서 하는 이야기

는 매번 "밥 벌어먹기 참 힘들다."로 시작해 "밥값 받는 정도는 힘들어도 괜찮다."로 끝났다.

우리는 술을 좋아하기도 했지만 남의 이야기로 안주 삼는 일도 즐겼다. 어느 날의 안주는 '나를 슬프게(화나게) 했던 사람들'이었는데, 그날 C와 나는 뜻밖의 연결고리를 하나 더 발견했다. 여섯 다리를 건너면 이 세상 사람들이 다 연결된다더니 'S 검사'가 바로 C와 나 사이를 다시 한번 견고하게 연결해 주는 다리였다.

C의 초임지였던 S 경찰서는 지방검찰청 지청이 지근에 있었다. 하루는 검찰 수사관이 느닷없이 전화해 "검사님이 서류를 좀 보자신다. 지금 당장 검사실로 서류를 가지고 와라."라고 했다. 그러고는 조사 일정 때문에 곤란하다는 C의 말을 무시하고 전화를 끊었다. 막상 검사실에 도착했더니 직원은 "손님이 오기로 하셨으니 밖에서 좀 기다려라."라고 하며 C를 내보냈고, C는 쇼핑백 두 개를 가득 채운 서류를 끌어안고 복도에 서서 기약 없이 기다렸다. 그러는 동안 C를 지나쳐 검사실로 들어간 사람은 삼십 분이 지나서야 나왔다. 그제야 만난 S 검사는 서류는 들여다보지도 않고 전화로 해도 좋았을 시답잖은 이야기를 구시렁댔다. 그런데 마지막 말이 가관이었다.

"가서 열심히 하셔."

그 뒤 S 검사는 내가 있던 P 경찰서를 관할하는 지청으로 옮겼다. S 검사가 수사지휘 한 내 사건의 고소 대리인은 "어차피 사건 종결은 검찰에서 하는 게 아니냐."며 출석요구에 응하지 않았고, 구치소에 있던 피의자는 "기억이 나지 않는다." 일변도로 나왔다. 그럼에도 피의자의 혐의가 명백했기에 나는 참고인을 조사하고 증거를 확보해서 사건을 기소 의견으로 넘겼다.

그런데 S 검사가 서류를 돌려보냈다. '고소 대리인을 반드시 조사할 것, 우리 지청에서 보관 중인 사건번호 ○○○ 기록을 복사하고 첨부해서 다시 수사지휘 받을 것'이라고 적힌 포스트잇과 함께.

수사 종결권이 없는 경찰에게 굳이 조사받지 않겠다는 고소 대리인. 그리고 '참고하고 싶은 사건이 있고 서류가 어디에 있는지도 아는데, 서류 찾아서 복사하는 허접한 일을 **검사인** 내가 하긴 좀 그러니 **경찰인** 네가 와서 좀 하라'는 검사. 여러 사람한테 시달리는 것 치고는 내 밥값이 너무 박하다는 생각이 들었다.

C와의 술자리에서 S 검사의 이름 뒤에 '님' 말고 시옷으로 시작하는 두 음절짜리 단어를 붙인 것은 순전히 너무 취한 탓이었다고 해 두자.

최근에 읽다 그만둔 《검사내전》● 이라는 책에 이런 구절이 있었다.

처음부터 고위급으로 출발하는 사람들은 수사권 조정 같은

● 김웅, 《검사내전》, 부키, 2018.

자신들의 권한 강화에만 신경 쓰겠지만, 그 밑에는 자신의 직분에 충실한 사람들이 더 많다. 그래서 경찰이 유지되는 것이다.

아니, 무슨 그런 섭섭한 소리를 하세요. C랑 제가 수사권 조정을 주장하면 권한 강화에 혈안이 된 사람들이라고 하실 거예요? 우리는 직분에 '안 충실'하고, 우리 밑에 '자신의 직분에 충실한 사람들'이 있다고요?

그리고 경찰이 유지되는 이유는 말이죠. 경찰관들이 술을 좋아하기 때문이에요. 화가 나거나 속상한 일이 있으면 누구한테도 해가 되지 않을 정도의 사소한 험담을 안주 삼아 술을 들이켜고, 아무 일도 없었던 것처럼 다음 날 출근해 다시 열심히 일하기 때문이라고요.

하기야. '처음부터 고위급으로 출발'하셨으니 우리가 눈높이 좀 맞추자고 하면 겁이 날 수밖에 없으시겠죠.

순발력이 중요합니다

경찰관으로 일하는 데에 제일 필요한 게 뭘까요? 순발력이지 싶어요. 순발력瞬發力. 한자로는 눈 깜짝할 순瞬, 필 발發에 힘 력力. '눈 깜짝할 사이에 이런저런 걸 해낼 수 있는 힘'이라는 거죠. 표준국어대사전에도 이렇게 나와 있어요. "순간적으로 판단하여 말하거나 행동하는 능력."

생각해 보면 순발력에는 두 종류가 있는 것 같아요. 공격할 때랑 방어할 때의 순발력. 공격할 때는 상대가 예상하지 못한 타이밍에 먼저 공격해서 기선 제압을 하는 데에 필요하겠죠. 그런데 정말로 순발력이 중요한 건 방어할 때라고 생각해요.

제가 지금 말씀드리는 공격과 방어는 주먹으로 치고받는 경우에만 한정하는 건 아니고요. 말로 후려치는 것도 포함하는 거예요. 아, 방금 표현이 좀 과격했나요? 아무튼, 상대는 가만히 있는데 경찰관이 먼저 싸움을 거는 일은 없죠. 그래서 방어할 때의 순발력이 중요하다는 거예요.

제 딴에는 스스로가 순발력이 좋은 편이라고 생각하거든요. 그런데 생각지도 못한 타이밍에 큰 위기를 겪은 적이 한 번 있어요. 일할 때가 아니기는 했지만. 언제였냐면……. 아, 제가 상황을 설명할 테니 여러분이라면 어떻게 할지 한 번 생각해 보세요.

자, 이런 이야기입니다.

오늘은 토요일 아침이에요. 아니, 아침이라기보다 점심에 더 가까워요. 열한 시 반쯤 됐다고 칩시다. 여러분은 오늘에야말로 음식물 쓰레기랑 재활용 쓰레기를 버리기로 마음먹었어요. 혼자 살아보면 알아요. 그게 얼마나 큰 각오를 한 건지.

그런데 여러분은 지금 꼴이 아주 말이 아니에요. 어제 회식에서 삼겹살에 소맥을 말아 마셨는데 집까지 어떻게 왔는지 기억도 안 나요. 아무튼 쓰레기봉투를 들고 엘리베이터에 탔더니 여러분한테서 고기 냄새, 술 냄새가 진동을 해요. 거울을 보니까 눈은 충혈되고 화장도 지우다 말았어요. 다행히 옷은 갈아입고 잤는데. 이런 꼴로 굳이 쓰레기를 버리러 나온다는 게 아직 술이 덜 깼다는 의미에요. 그죠?

그런데 엘리베이터가 어느 층에서 멈췄어요. 여러분 움찔했겠죠, 그렇죠? 거기서 아주머니 한 명이 탔어요. 그러고는 여러분을 힐끔힐끔 돌아봐요. 이게 무슨 의미겠어요. 너 지금 꼴골이 장난 아니다, 냄새도 나고. 뭐 이런 거겠죠?

가만 보니까 이 아주머니가 낯이 익어요, 이상하게. 술 취하면 어느 순간 두뇌회전이 엄청 빨라질 때가 있잖아요. 그래서 구남친이나 구여친 전화번호가 번뜩 떠올라서 전화를 걸거나 '자니?' 같은 문자를 보내고 그러잖아요. 그때 그 순간이 온 거예요. '아! 이 사람, 내 사건 피의자다!'

이게 또 말하자면 긴데, 이런 사건이에요. 헬스장 보면 왜, 가끔 큰 사우나가 딸린 곳이 있잖아요. 그 사우나에서 친목을 다지던 아주머니들 모임이 있었는데 거기서 분란이 생긴 거예요. 이 집 엄마가 저 집 엄마한테 그 집 엄마 험담을 했는데 그걸 또 저 집 엄마가 저어기 어느 집 엄마한테 말을 전하고…… 그 래서 한바탕 난리가 났어요. 결국 명예훼손(사건)으로 아주머니들을 한 명씩도 조사하고 대질조사도 하고 그랬는데, 조사하는 날마다 다들 울고불고 소리를 질러서 아주 골치가 아팠거든요. 아직 종결 못 한 그 사건의 피의자 중 한 명이에요, 이 아주머니가.

여러 가지 생각이 머릿속을 스쳐 가는데, 아주머니가 내 쪽을 힐끔힐끔 보다가 결국 말을 걸어요.

"저기, 혹시……"

여러분, 수사관은 사건 관계인들한테 기죽으면 안 되거든요. 끌려가면 안 돼요. 딱 중심을 잡고 함부로 대할 수 없는 사람으로 있어야지, 안 그러면 사건 하기 아주 힘들어요. 그런데 이렇게 꼬질꼬질하고 추레한 모습 들키고 나서 근엄한 척해 봐야 소용 있겠어요? 그때 이 아주머니가 뜻밖에 이런 이야길 해요.

"저기요. 혹시……. 저희 애, ○○이네 초등학교 때 담임선생님 아니세요? 낯이 익은데……."

자, 여러분. 이 상황에 순발력을 발휘해서 뭐라고 대답하면 좋을까요?

싸구려 커피를 마신다

어느 업계에나 금기어나 속설이 있을 텐데 경찰도 마찬가지다. "오늘은 신고가 별로 없고 조용하네." 같은 말을 입 밖에 내는 건 평화로움에 대한 선전포고나 다름없다는 것, 그리고 눈비 오는 날이나 빨간 날에 군이 경찰서를 찾는 민원인 중에는 '(대하기) 아주 어려운' 사람이 있을 확률이 높다는 이야기가 대표적이다.

그래서 토요일 아침 아홉 시 당직 집합을 마치고 내려와 사무실 문 앞에서 열기를 내뿜고 있는 손님 둘을 발견했을 때도 나는 각오가 되어 있었다.

'쉽지 않겠군.'

머리부터 발끝까지 온통 검은 옷으로 차려입은 한 사람, 그리고 통 넓은 바지에 손바닥만 한 버클이 붙은 벨트를 매고 있는 다른 한 사람. 언짢은 표정으로 각자 다른 곳을 쳐다보며 팔짱을 끼고 서 있는 모습을 보니 방금 전까지 서로 다투고 있던 게 분명했다. "들어오세요." 하며 문을 열자 두 사람이 사무실 안으로 따라 들어왔다.

나	무슨 일로 오셨어요?
저승사자	저희가 오늘 만나서 색소폰을 직거래하기로 했거든요.
챔피언	그런데 이분이 정품이 아닌 걸 정품이라고 속여서요.
저승사자	아니, 억지 좀 그만 부리세요. 정품이라니까.
챔피언	말도 안 되는 소리 하지 마세요. 제가 짝퉁하고 진퉁도 모를 것 같아요?
저승사자	안 살 거면 안 산다고 하세요. 이상한 소리 하지 말고.
챔피언	제가 안 사도 다른 사람들한테 진퉁이라고 하면서 팔 거잖아요.
저승사자	미쳐버리겠네, 진짜.
챔피언	경찰관님, 이 사람 사기꾼이에요!
저승사자	사기꾼? 이봐요, 말 함부로 하지 마세요!
챔피언	내가 틀린 말 했어?
저승사자	그래! 이 인간아!
챔피언	뭐? 이 인간?
나	그만! 그만 싸우세요. 여기 싸움 구경시켜 주려고 오셨어요?
저승사자	아니, 그게 아니고요.
챔피언	있잖아요, 이 사람이!

나	경찰관한테 도와달라고 오신 거잖아요. 좀 가라앉히시고, 이쪽 선생님부터 한 분씩 차근차근 말씀해 보세요.
저승사자	제가 인터넷에 색소폰을 판다고 글을 올렸어요. 그래서 오늘 아침에 만나서 거래하기로 했는데요. 이게 ○○○ 회사 정품이거든요. 근데 이분이 보더니, 정품이 아니라는 거예요.
챔피언	저기요, 저도 이야기 좀 할게요. 저분이 인터넷에 올린 사진은 정품이 맞는데, 지금 이건 다른 거거든요. 보증서도 없어요.
저승사자	제 이야기 안 끝났어요. 보증서 없다고 제가 글에 써 놨잖아요. 보증서 없어도 아는 사람은 알아봐요. 그래서 제가 이분한테 "그럼 사지 마세요." 했더니 그건 또 아니래요.
챔피언	제가 여기까지 오는 데 두 시간 걸렸어요. 어떻게 맨손으로 돌아가요. 사기는 사는데, 정품이 아닌 걸 정품 가격을 주고 살 수는 없다는 거죠.
저승사자	저도 한 시간 반 걸려서 왔거든요? 어지간하면 팔려고 했는데, 그 가격에 팔 바엔 버려요. 버린다고요!
챔피언	버리긴 왜 버려요, 짝퉁인 거 인정하고 저한테 파시면 되죠.

저승사자	짝퉁 아니라고요! (메고 있던 커다란 가방을 열어 악기를 꺼내 보이며) 경찰관님, 한번 보세요.
나	아뇨, 꺼내지 마세요. 제가 그런 쪽은 잘 몰라요. 그리고 들어 보니까 이건 제가 도와드릴 수 있는 일이 아닌 것 같은데요.
챔피언	도와주셔야죠! 이런 사기꾼을 가만두면 안 되죠!
저승사자	사기꾼? 당신 말 다 했어?
챔피언	사기꾼이지. 그럼!
저승사자	당신, 이런 식으로 많이 해 먹었지? 짝퉁이라고 억지 써서!
챔피언	아, 진짜! 아니, 경찰은 뭐 하는 거예요? 이런 사람 혼 안 내고?
저승사자	우리 세금으로 월급 받는 거 아니에요? 일 똑바로 해요!
나	네, 알겠어요. 그럼, 여기 선생님. 제가 이 악기 백만 원 주고 사라면 사실 거예요?
챔피언	정품이 아닌데 그 돈 주고 왜 사요? 안 사죠. 미쳤어요, 제가?
나	그럼 이쪽 선생님은 제가 십만 원 받고 팔라

저승사자	고 하면 파실 거예요?
	네? 진짜 미치겠네. 아무리 모른다고 해도 너무하시네.
나	선생님들. 경찰관이 악기 감정할 수 있으면 악기사가 왜 있고 감정사가 왜 있어요. 경찰이 도와드릴 수 있는 게 있고, 못 도와드리는 게 있죠. 두 분 다 아침 일찍 나오시느라 고생하셨는데, 커피 한 잔씩 드릴 테니까 드시면서 말씀 좀 나눠 보세요.

나는 사무실 공용 커피메이커에 내려 둔 커피를 종이컵에 따라서 시무룩하게 앉아 있던 챔피언과 저승사자 앞에 한 잔씩 내놓았다. 두 사람은 각자 커피를 한 모금 마시더니 누구랄 것 없이 미간을 살짝 찡그리고 고개를 갸우뚱했다. 그리고 종이컵 안을 들여다보고는 서로 눈을 마주치고 자리에서 일어났다. 종이컵을 멀찍이 밀어 놓는 것을 보니 커피 맛이 어지간히도 실망스러운 모양이었다.

네, 선생님들. 제가 이렇게 맛대가리 없는 싸구려 원두커피를 마시는 취향 저급한 사람입니다. 어쩌겠어요. 제가 커피 맛 품평할 줄 알고 악기 감정할 줄 아는 사람이면 여기서 이렇게 구질구질한 꼴 보며 일하고 있겠어요?

용서받지 못한 자

　　어쩐 일인지 그해에는 자꾸 부산에서 수배자가 잡혔다. 내 오래된 사기사건의 피의자 A가 잡혔으니 데리러 오라는 연락을 받았다. 사무실에서 관용차를 몰고 역으로 간 다음 부산까지 KTX를 타고 다녀오기로 했다.

　A가 인치되어 있던 경찰서 앞 식당에서 돼지국밥을 먹으며 함께 간 직원이 조언을 해 주었다.

　"피해액이 얼마 안 되는 걸 보면 거물은 아닌 것 같네요. 기선 제압을 해 두면 조사하기 쉬울 거예요."

　삼천만 원. 비록 내 수중에 없더라도 우리 사무실에서는 '얼마 안 되는 돈'이었다.

　A를 데리고 부산역으로 가는 택시 안에서 직원이 운을 뗐다.

　"할아버지. 사기 치고 여기 와서 잘 지냈어요?"

　"……"

　"돈 떼어먹힌 사람들 불쌍하지도 않아요?"

　"……"

　"도망 멀리도 왔다, 어? 참 멀리도 왔다고요!"

　그래, 기선 제압. 이렇게 하는 거란 말이지.

"그니까. 할아버지 때문에 우리가 이 먼 데까지 오고, 이게 무슨 고생이에요?"

"피해자들한테 미안해서라도, 어? 미안해서라도 내가 잘못했으니 갚겠소 해야지, 도망이나 다니고 말이야."

"내가 다 알고 왔어요, 할아버지. 교도소에도 몇 번 갔다 왔으면 사람이 좀 달라져야 하는 거 아니에요?"

택시 기사가 룸미러로 뒤를 힐끗힐끗 쳐다보았다. 조수석은 비워둔 채 뒷자리에서 노인을 사이에 두고 양쪽에 젊은 사람 둘이 앉아 번갈아 가며 큰소리로 면박을 주는 광경은 흔히 볼 수 있는 것은 아닐 테다. 조용히 앉아 있던 A가 들릴 듯 말 듯 한 목소리로 한마디 했다.

"이제 알았으니 그만 됐소."

KTX에서 내리자 장대비가 쏟아지고 있었다. 아침에 출발할 때만 해도 하늘에는 구름 한 점 없었기에 일기예보를 확인할 생각을 하지 않았었다. 수갑을 채우고 포승줄로 묶은 A를 양쪽에서 잡고 차를 세워둔 곳까지 뛰었다. 직원이 A와 함께 뒷자리에 앉고 내가 운전을 하기로 했다.

"스틱 운전 잘해요?"

"그럼요."

관용 스타렉스로 자주 출장을 다녔던 터라 자신 있게 가속페달을 밟았는데.

"김 주임님. 혹시 왼쪽 옆에 닿은 거 아니에요?"

황망히 내려서 살펴보니 스타렉스의 옆구리와 왼쪽에 주차되어 있던 차의 오른쪽 앞 범퍼가 맞닿아 있었다. 한 뼘 정도의 긁힌 자국이 보였다.

"렉서스네……"

등줄기가 서늘해졌다(지만 순전히 비에 젖고 찬바람을 맞아서이지, 다른 이유는 없었다고 해 두자……).

앞 유리에 붙은 번호로 전화를 걸었더니 차 주인이 한참 만에 받았다.

"선생님, 안녕하세요. 렉서스 차주이시죠? 제가 역 주차장에서 차를 빼다가 선생님 차를 좀 긁었어요."

"그래요? 제가 지금 KTX로 올라가고 있는데 좀 있으면 도착하거든요. 사진 찍어서 먼저 보여 주실래요?"

"네. 바로 보내드릴게요."

렉서스의 주인은 우리가 타고 온 열차의 바로 다음 차로 올라오는 중이라고 했다. 20분 뒤에 도착한다고 하기에 차에 시동을 걸고 기다리는데 비는 그칠 줄을 모르고 어두운 하늘이 꼭 내 마음 같았다. 나도, 함께 온 직원도, A도 잠자코 기다리는 동안 빗소리만 요란했다.

이래서야 냉철하고 가혹한 수사관 콘셉트는 물 건너갔구나. A는 속으로 무슨 생각을 하고 있으려나. 이제 돌아가면 무슨 낯으로 A를 다그치며 조사해야 하나.

답답한 생각을 한참 하고 있는데 전화가 왔다.

"사진을 보니까 긁힌 게 별 티도 안 나네요. 일부러 연락 주셔서 고마워요. 비도 많이 오고 오래 기다리셨는데 그냥 두고 가세요. 필요하면 제가 알아서 칠할게요."

잘못을 저지르지 않고 살아가는 인간이 어디 있으랴. 그러나 어떤 잘못은 큰 어려움 없이 용서받지만 어떤 잘못은 절대 그냥 넘어갈 수 없을 것으로 여겨지기도 한다. 내가 용서받을 수 있었던 건 그간 크게 나쁜 짓을 하지 않으며 산 덕분이었을까. 아니면 차에 난 흠집이 딱 한 뼘 길이밖에 안 되었기 때문일까. 그것도 아니면 렉서스의 주인이 흔치 않게 관대한 사람인 덕분이었을까. 용서받지 못한 자, 용서받을 수 없는 죄를 저지른 A를 뒤에 앉히고 사무실로 돌아오는 내내 나는 '용서받는다'는 것에 대해 생각했다.

뿌린 대로 거두리라

그는 이따금 도둑질을 했다. 밥벌이를 위해 변변찮은 일을 전전했고, 수중의 돈이 떨어지면 남의 물건에 손을 댔다. 처음부터 못된 결심을 하고 시작하지는 않았다. 어느 날 값을 치르지 않고 가게에서 몰래 라면 두 봉지를 들고 나와 배고픔을 달랜 일을 계기로 상습절도범이 되었다.

라면을 훔친 일로 얻은 용기는 뿌리를 뻗고 가지를 냈다. 그는 잠그지 않은 차의 글로브 박스에 들어 있는 잔돈을 수거했고, 담벼락에 기대어진 자전거를 제 것인 양 자전거포에 끌고 간 적도 있었으며, 찜질방에서 곤히 잠든 이의 곁에 놓인 휴대전화를 집어 들어 자신의 주머니에 슬쩍 넣기도 했다.

영민한 절도범이 아니었기에 혼쭐이 난 적도 왕왕 있었다. 물건을 훔치던 중에 주인에게 들켜 호되게 얻어맞거나 파출소에 잡혀 가 손이 발이 되도록 빌기는 예사였고, 경찰서에서 조사를 받거나 법정에서 재판을 받는 일에도 그는 점점 익숙해졌다. 징역, 벌금, 구류 같은 용어들도 그에게는 낯설지가 않았다.

어느 날 그의 방문을 두드리던 형사들은 그에게 수갑을 채우고서 '한동안 집에 돌아오기 힘들 것'이라고 했다. 그는 경찰서에서 조사를 받고 유치장에 입감되었다가 구치소로 옮겨졌고 재판에서 형이 확정되자 교도소에서 복역했다. 형사들의 말이 예언이라도 된 것처럼 그는 몇 년간 집에 돌아올 수 없었다.

형기를 마치고 출소한 그가 제일 먼저 향한 곳은 살던 집에 가까운 야산이었다. 남의 귀중한 것이나 귀중하지 않은 것을 가리지 않고 훔쳤으나 그에게도 귀중한 것이 있었다. 사람들 발길이 뜸한 산 중턱 외진 곳에 땅을 다져 심어 두었던 하수오가 이제는 꽤나 여물었으리라.

그러나 그가 남몰래 일구어 둔 밭에 도착했을 때 소중한 약초들은 흔적도 없이 사라져 있었다. 여기저기 움푹 패여 있는 땅만이 그곳에서 자라던 무엇인가가 뽑혀나갔음을 드러내고 있었다. 그는 눈앞이 빙글빙글 도는 것을 느끼며 털썩 주저앉았다. 그리고 엉엉 울며 휴대전화를 꺼내 백십이 번을 눌렀다.

……는 것은 내가 지어낸 이야기다. 사실은 이렇다. 간밤에 처리한 112 신고 내역을 살펴보던 나는 이런 내용의 신고를 발견했다. "오늘 출소를 했는데 밭에 있던 약초를 누가 다 훔쳐 갔다." 그리고 현장에 출동한 형사들에게 신고자는 이렇게 이야기했단다. "몇 년 만에 출소하고 보니 이전에 심어 둔 하수오를 누가 다 뽑아가 버렸다. 생각해 봤는데 사건 접수는 원하지 않는다."

불만 후기를 쓰는 일에 관하여

　　경제범죄수사팀에서 근무하던 때의 일이다. A라는 사람이 아버지의 유언장을 위조해 형제들에게 보여 주고 관공서에 제출하는 죄를 지었다는 사건을 맡게 되었다. 맏형이 형제들의 위임을 받아 대표로 A를 고소했는데, 고소장과 참고 자료들이 전부 합쳐 이백 페이지가 넘었다. 서류를 검토하는 데만도 한참, A를 경찰서에 오게 만드는 데에도 한참이 걸렸다. 다른 사건으로 조사를 받고 있어서 바쁘다던 A가 경제팀 사무실에 출석했을 때는 이미 사건 처리기한인 두 달이 한참 지나 있었다. 조사받기로 한 날 A는 조사실에 들어오더니 서류가 가득 든 봉투를 책상에 툭 던졌다.

　　"이게 다 증거니까 한번 보시오. 내가 바쁜 사람이니까 나중에 천천히 읽으시고, 오늘 조사는 빨리 끝내 주시죠."

　　단언컨대 A의 불손한 태도 때문에 내가 기소 의견으로 그 사건을 마무리한 것은 아니었다. 맏형과 A가 각자 제출한 서류들은 대부분 복사본이었고, 그마저도 복사본의 복사본의 복사본들이 섞여 있었다. '증 제2호'를 두 줄로 긋고 '증 제13호'를 쓰고는 다시 '증 제22호'라고 덮어 쓴 것처럼. 서류는 유산을 둘러싸고 형제들이 거듭해 온 싸움의 역사였다.

일곱 형제 중 이미 고인이 된 사람, 외국에 체류하고 있는 사람, 행방불명되어 생사를 알 수 없는 사람, 이제 유산 다툼은 진절머리가 난다는 사람을 빼자 결국 맏형과 A의 진흙탕 싸움이 되었다. 이메일과 전화로 이루어진 조사에서는 중요한 단서를 얻을 수 없었고, 필적감정과 인영(날인)감정 결과는 '판단불능'이었다.

명백한 증거는 없었지만 의심의 여지는 충분했기에 그의 혐의를 인정하기 위한 열세 개의 논거를 달아서 사건을 송치했다. "귀하와 관련된 사건을 기소 의견으로 검찰에 송치하였음을 알려드립니다." 하는 사건처리결과통지서를 발송한 이후 A의 불평불만 전화가 딱 그쳤다. A가 자기의 진술과 제출한 서류 사이의 모순을 깨달았든지 아니면 형제들과의 싸움에 승산이 없다고 느꼈기 때문이리라.

그런데 시간이 한참 흘러 사건 내용이 가물가물해졌을 즈음에 A가 편지 한 통을 보내왔다. '김 수사관 보시오.'라고 시작하는 편지를.

김 수사관 보시오.

내가 성실하게 조사도 받고 자료도 많이 제출했는데 기소 의견으로 넘길 줄은 몰랐소.

내 형제들의 새빨간 거짓말만 믿고 병든 아버지를 평생 보살핀 나한테 누명을 씌우다니?

새파랗게 젊은이가 오만과 독선에 젖어 무고한 국민을 죄받게 만들고, 우리나라 경찰의 미래도 빤하구려.

김 수사관 어찌되는지 내 한번 두고보겠소.

당황스러우면서도 슬금슬금 열이 올라오게 만드는 내용이었다. 괘씸했다. 사람이 거짓말을 하고도 부끄러운 줄을 모르고……. 그러면서 한편으로는 '내가 틀렸으면 어쩌지. A는 사실 죄가 없는 사람인데 내가 잘못 판단했으면 어떡하나.' 하는 불안감이 생겼다. 검찰청에서 서류를 되돌려 받아 다시 살펴보고 반박하는 답장을 쓰고 싶었으나 안 될 일이었다. 그 이후로 A의 연락을 받은 적은 없지만 그가 보낸 편지는 두고두고 마음에 남았다.

그에게 사문서위조와 위조사문서행사의 죄책을 지우는 것은 내 나름대로 열심히 고민해서 '만들어 낸' 결론이었다. 내가 신도 아니고, 누군가 숨기려고 하는 일을 무슨 수로 어두운 방에 불 켜듯 훤히 드러낼 수 있겠나. 더듬고 부딪쳐 가면서 '진실이란 것이 이런 곳에 이런 모양으로 있겠구나.' 하고 추측할 뿐이지.

지금 돌이켜보아도 A가 백퍼센트 무고한 사람이었으리라는 생각은 들지 않는다. 그러나 한편으로 겁이 난다. '합리적인 의심'과 거기에 살을 붙이는 주장들을 가지고 사람을 잡아 가두고 벌할 수 있으니, 사람을 의심하는 일이란 얼마나 강력한가.

A가 내 수사 결과에 대한 불만 후기를 보내온 것은 아주 효과적이었다. "네 년(놈)의 관등성명을 고해라. 내가 경찰서 홈페이지와 국민신문고에 글을 올리겠다." 하는 건 사실 무섭지 않다. 사무실에 쳐들어와 소리를 지르고 드러눕고 욕설을 해도 그저 성가실 뿐이다. 정말 두고두고 마음에 가시처럼 남는 것은, 남을 의심하는 스스로를 의심하고 세상의 이치에 대해 답 없는 고민을 하게 만드는 불만 후기였다.

제3장

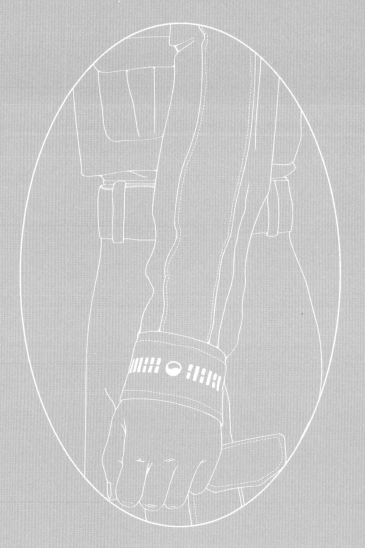

"시체 썩는 냄새가 나요."

대체 사람들은 어떻게 그 냄새를
알고 있는 걸까. '이상한 냄새'가 아니라
'시체 썩는 냄새'가 난다고들 신고를 한다.
그러면 현장에서는 사람이든 동물이든
어김없이 생명이 떠난 몸뚱이가 발견된다.

학생 L과 함께 나눈 이야기

안녕하세요? 저는 김누나 님의 계정을 팔로잉하는 한 학생입니다.

얼마 전 뉴스로만 접해오던 범죄가 저의 주변에서 실제로 일어났습니다. 제가 하루 중 가장 긴 시간을 보내는 건물에서 불법 촬영된 영상이 인터넷에 퍼지는 사건이었습니다. 건물 관리 측에서는 "경찰이 수사 중이며 우리 건물에서 찍은 영상이라고 단정할 수 없다."라고 했지만, 여러 가지를 고려해 보면 그 건물에서 촬영된 것이 분명했습니다. 저와 주변 사람들은 불법 촬영한 영상이 더 있을 수도 있다는 두려움을 느껴 직접 사이트를 수색하고 경찰을 통해 유포된 영상을 삭제해 달라고 요청했습니다. 그러나 이미 퍼져 나간 영상은 수습하기 힘들고 촬영된 지 시간이 너무 많이 흘렀기 때문에 최초 유포자와 촬영자를 찾을 수 없을지도 모른다고 합니다.

그런 일이 있고서 건물 관리 측에서는 건물 안팎의 안전을 강화하기 위해 다방면으로 노력하겠다고 했습니다. 하지만 저희는 안전하다고 느낄 수가 없습니다. 수사가 어떻게 진행되고 있는지, 범죄자는 처벌받게 될지, 이런 일을 또다시 겪게 된다면 어떻게 해야 할지 몰라 무섭습니다. 공중화장실에 들어가기도 두려워졌습니다. 항상 주변을 둘러보고 천장과 변기 속까지 확인해야 마음이 조금 놓입니다.

이렇게밖에 살 수 없는 건가요? 치안이 잘되어 있기로는 세계에서 몇 번째에 꼽힌다는 대한민국의 수식어를 그저 믿고, 대한민국 국민인 것을 자랑스럽게 여기면 되나요? 누구에게나 행복을 추구할 권리와 인간답게 살 권리가 보장된다는 사회 교과서의 내용이 과연 현실을 반영했다고 말할 수 있을까요? 그 사건을 겪으며 많은 생각이 들었지만 저의 두려움에 진정으로 공감해 주는 사람은 많지 않았습니다. 흔들리지 말고 공부에 집중하라는 말만 들었을 뿐입니다.

저는 그저 이 사회를 살아가는 한 사람으로서 김누나 님과 같은 경찰관님께 언제나 피해자의 편에서 가해자를 처벌하는 데 최선을 다해 달라는 말씀을 드리고 싶습니다. 가해자를 밝혀내 처벌하는 일이 당장은 불가능하다 할지라도, 경찰과 같은 공권력을 가진 기관이 국민의 인권을 보호하기 위해 최선의 노력을 다하는 모습을 보여 준다면 조금은 안전하다고 느낄 수 있을 것 같습니다. 피해를 입더라도 항상 피해자의 편에 서 줄 사람이 있고, 또다시 피해가 발생하지 않도록 최선을 다해 줄 사람이 있다면 적어도 두렵지는 않을 것 같습니다.

김누나 님, 이런 사건이 다시 발생하는 일을 막기 위해 저는 무엇을 할 수 있을까요??

_학생 L 드림

L님, 안녕하세요.

말씀하시는 사건은 저도 뉴스로 보아서 알고 있습니다. L님과 주변 분들이 얼마나 놀랐고 불안하며 화가 났을지, 제가 충분히 이해한다고 하면 경솔한 이야기가 되겠지요. 제가 할 수 있는 최대한으로 L님께 공감하고 함께 분노하고 있다고 생각해 주시면 좋겠어요. 한편으로 우리 사회와 수사기관이 사건에 대처하는 방식이 미숙하고 엄하지 못한 점에서는 경찰의 일원으로서 안타깝고 죄송한 마음입니다.

저의 개인적인 관점에서는 '납득할 수 있는 결론을 도출하는 것'이 수사의 목표라고 생각해요. 이번 사건의 중대성과 심각성, 그리고 사회적 분위기를 감안한다면 반드시 범인을 밝혀 응분의 대가를 치르게 해야 합니다. 그것이 불가능하다면 적어도 '그럴 수밖에 없다'고 모두가 수긍할 만한 이유가 있어야 할 테고요.

이번과 같은 사건이 다시 발생하는 일을 막기 위해 사회 구성원 모두가 함께 고민하고 답을 찾아야겠지요. 다만 L님께서 하셔야 할 역할에 대해서는, 제가 경찰이 된 사연을 짧게 말씀드리고 스스로 고민하실 몫으로 남겨 두어야겠다는 생각이 들어요.

제가 고등학생이던 때에 학교 근처의 공원에서 살인사건이 벌어졌어요. 피해자는 저와 나이 차이가 많지 않은 여대생이었고요. 그 사건은 저와 친구들에게 큰 영향을 미쳤습니다. 학교와 경찰, 지역사회가 저희를 보호하기 위한 여러 방안을 강구했지만, 그런다고 해서 범죄에 대한 두려움이 사라질 리는 없었죠. 괜히 멋 부리는 이야기 같지만 그때 저는 이렇게 생각했습니다. '보호받는 건 됐고, 어떤 인간이 이런 짓을 하는지 내가 한번 찾아보겠다.'고요. 그리고서 우여곡절 끝에 경찰이 되었지요.

범죄 유형과 수법은 날로 다양해지는데 법제도와 수사기법이 그 속도를 따라잡지 못하는 현실은 안타까울 뿐이지요. 불법 촬영과 관련해 경찰도 '특단의 대책'을 모색하고 있지만 효과를 보기에는 시간이 많이 걸릴 테고, 실상 그 효과성을 장담할 수도 없기도 합니다. 그러나 변화를 원하고 노력하는 사람이 많으니 우리 사회는 분명 더 나은 방향으로 나아갈 거예요.

L님께 제 글이 어떻게 가 닿을지 염려스럽습니다. 어쩌면 질문에 충분한 답변이 되지 못했을 것도 같고요. 제 짧은 생각에서 나온 이야기가 L님을 실망하게 해 드리지는 않기를 바랍니다. 혹시나 제가 경솔하게 생각한 부분이 있다면 말씀해 주세요. 다시 한 번 고민해 보겠습니다.

_김누나 드림

좋은 답글 달아 주셔서 감사합니다.

천천히 곱씹어 읽으면서 많은 생각을 하게 되었습니다. 나는 누구이며, 내 꿈이 무엇을 위한 것인지, 내가 걷고 싶은 길, 내가 만들고 싶은 세상은 무엇인지 등 지금의 꿈을 선택하기 전에 고민했던 것들이 하나둘 떠올랐습니다. 김누나 님의 답글을 읽고서 바쁜 생활에 지쳐 잊고 살았던 그 질문들에 대해 다시 생각해 보게 되었고요.

그리고 무엇보다도 제가 현재의 꿈을 선택한 이유를 되짚어 볼 수 있었습니다. 아직 제가 사회 문제의 해결을 위해 할 수 있는 일이 무엇인지 확신하지는 못했지만, 적어도 실마리는 찾은 것 같습니다. 제 꿈은 제가 갖고 싶은 직업뿐만이 아니라, 더 나은 세상으로의 사회 변화에 기여하는 일까지도 포함하기 때문에 어느 순간에 확실히 이루어질 거라고 말하기는 어려울 것 같아요. 하지만 언젠가 제가 꿈에 가까워졌다는 생각이 들면 잊지 않고 김누나 님께 말씀드릴게요. 감사합니다.

_학생 L 드림

학생 L은 어쩌면 이 글을 읽고 있는 당신이거나 당신의 동생이거나 친구나 이웃이 아니면 언니나 오빠 또는 형이나 누나일 수도 있습니다. 어쩌면 제가 만들어 낸 가상의 인물일 수도 있겠지요. 하지만 분명한 것은, 이 시대를 살아가는 우리 중 누구도 범죄에 대한 두려움에서 자유롭지 못하다는 사실입니다.

그런 점에서 여자와 남자, 오래 산 사람과 적게 산 사람, 아는 사람과 모르는 사람, 여기 있는 사람과 저기 있는 사람을 가르는 일이 무슨 의미가 있나요? 왜 정의를 각자의 것으로 조각조각 나누며 서로를 상처 주나요? 더 나은 세상을 만드는 일에 책임이 없는 사람이 어디 있겠어요?

학교 폭력은 마음의 교통사고

초등학교를 다니며 세 번 전학을 했고, 네 번째 다니게 된 학교에서 졸업했다. 다니는 학교마다 나와 동생이 적응하지 못했거나 가족이 짐을 싸들고 메뚜기처럼 줄도망을 쳐야 하는 사정이 있었던 것은 아니다. 공무원이던 아버지의 외벌이 봉급으로는 번듯한 집 한 채 장만할 날이 아득히 멀어 보였고, 어머니도 짐 싸고 풀기를 그다지 괴로운 노동으로 생각하지 않는 사람이었던 탓이랄까.

하지만 6학년 2학기에 '또' 학교를 옮기게 되었을 때는 사실 좀 내키지 않았다. 이미 졸업사진도 찍었고 겨울방학을 코앞에 두고 있었기 때문이다. 낯선 아이들 앞에서 자기소개를 하는 일이 더는 없을 줄 알았는데…… 서울로 발령받아 혼자 석 달쯤 지내고 있던 아버지가 어느 날 "서울이라고 별다를 것도 없으니 도로 내려가겠다."는 이야기를 했고, 그 이야기를 행동으로 옮길세라 어머니가 재빨리 집주인에게 집을 빼겠다고 통보했다.

서울의 반 아이들은 전학생이 와도 들뜨거나 호기심을 보이지 않고 적당한 거리를 두며 일상을 유지할 줄 알았다. 어떤 장난을 칠까 하는 짓궂은 표정은 오히려 반가웠다. 마음 한켠을 서늘하게 만드는 것은 아이들의 무관심하고 심드렁한 얼굴이었다. 아이들 사이에 비집고 들어갈 틈을 찾지 못하게 되자 나는 말수가 줄고 의기소침해졌다. 경시대회에서 상을 탄 일은 상황을 악화시켰다. 교단 앞에서 상장을 받아 자리로 돌아오는 길에 "재수 없어."라는 속삭임이 귀에 꽂혔다.

따돌림은 은근하고 모호했다. 학기말이 가까워 오자 대부분의 수업은 체육활동으로 대체되었는데 아이들은 "너는 우리하고 노는 것보다 교실에 남아 있는 게 더 좋지?"라며 삼삼오오 운동장으로 나갔고, 나한테는 "아니야, 그렇지 않아." 하고 함께 나가 어울릴 천연덕스러움이 없었다. 반 여자 아이들을 두 팀으로 나눠 발야구를 하게 된 날, 선생님은 제일 마지막 번호였던 나를 깍두기로 지정하고는 교실로 돌아갔다. 멀리 날아간 공을 주워 오기를 기다리고 있는데 등 뒤에서 키득대는 웃음소리가 났다. 무슨 일인지 궁금해지던 순간, 묵직한 것이 뒤통수를 꽝 때리고 눈앞에 노란별이 보였다. "진짜 맞을 줄 몰랐는데." 귓가를 울리는 삐-하는 소리 속에서 그 한 마디가 비수처럼 마음에 꽂혔다.

어느 날은 집에 가는 길에 책방에 들러 만화책을 빌려 나오다가 같은 반 아이 하나와 마주쳤다. 인사를 했더니 내 손에 들린 책 제목을 들여다보고서 "세상에서 제일 가난한 우리 집? 너희 집 이야기야?" 하고는 뭐라 대꾸할 새도 없이 낄낄대며 가버렸다. 그 뒤로 아이들은 나한테 '가난해서 불쌍한 애', '꼭 자기네 집 이야기 같은 책을 보는 애'라는 별명을 붙였더랬다.

초등학교 졸업식 사진 속의 나는 눈이 퉁퉁 부어 있다. 무신경한 친척 하나가 "넌 왜 교실에서 친구들하고 이야길 안 해? 너 왕따야?" 하고 물었던 탓이다. '왕따'라는 말이 막 유행하기 시작한 때였기에 그 사람도 신조어를 한 번 써 보고 싶었을 뿐이지 악의는 없었으리라. 그러나 학교에서 하루 종일 한 마디도 하지 않다가 집에 가기를 석 달 남짓. 나를 표현할 말이 그 외에는 따로 없었기에 괴롭고 슬퍼서 울지 않을 수 없었다.

중학교에 입학하던 날, 나는 옆에 앉은 아이에게 읽던 책을 내밀며 "이 책 읽어 볼래? 재밌어." 하고 말을 걸었다. 그때 책을 건네받은 아이와 그 건너편에 앉았던 아이와는 이제 곧 친구로 지낸 지 이십 년이 된다. 친구들은 이유를 설명하지는 못하지만 내가 경찰이 된 일이 놀랍지 않다고 했다.

얼마 전 초등학생들과 함께한 학교 폭력 예방 캠페인에 한 아이가 '학교 폭력은 마음의 교통사고'라는 슬로건이 적힌 피켓을 들고 나왔었다. 교통사고……. 마음의 교통사고라. 절묘한 표현이구나 싶었다. 서로 교행하는 마음들이 스치거나 부딪치면 다치는 사람이 생긴다. 가만 두면 금세 낫는 생채기로 그칠 수도 있겠지만 존재 자체를 위협하는 중상이 되기도 할 것이다. 혹자는 '당하는' 아이가 따돌림의 구실을 제공했을 것이라 하고, 혹자는 전적으로 '저지르는' 아이의 죄과라고 하지만 누가 알랴. 도로 구조물이 잘못 설계된 탓에 교통사고가 생기기도 하는 것처럼 사회의 법도나 체제가 어그러진 탓이 아니라고도 할 수 없다.

마음의 교통사고가 왜 일어나는지, 어찌 예방할 수 있을지 나는 알지 못한다. 그러나 사고를 당해 다치게 된대도 낫기를 그만두지 않는다면야 반드시 낫게 되겠지.

지금 이 순간 학교 폭력으로 괴로운 친구가 있다면 꼭 기억해 주길. 세상에는 너의 이야기를 듣고 싶어 하는 친구들이 아주 많을 거란다. 지금 너는, 너만이 할 수 있는 이야기를 만들어내고 있는 거야. 꼭 나아서 만나자. 그때 너의 이야기를 들려줘.

이러저러합니다

Scene 1. 회의장 내부

단상에 여러 사람이 책상을 두고 청중석을 마주보며 앉아 있다. 청중석에는 삼십 명 정도의 사람들이 앉아 있다. 청중이 손을 들어 질문하면 단상에 있는 사람이 답변한다.

진행자   자, 이제 질문 더 없으시면 여기서 마무리하도록 하겠습니다. 오늘 가정 폭력 근절 대책 마련을 위한 회의에 참석해 주셔서…….

패널 1   잠깐만요. 저도 질문이 있는데요. 경찰에서 답변해 주시면 좋겠네요. (왼쪽에 앉은 사람에게 고개를 돌린다.)

패널 2   네. 말씀하세요.

패널 1   제가 얼마 전에 112 신고를 했거든요. 윗집에서 물건 던지고 싸우는 소리가 나는 거예요. 그러다가 갑자기 "악!" 하는 소리가 들리더라고요. 제가 아시다시피 이런 일을 하고 있으니까 가정 폭력 사안에는 민감하단 말이에요. 그래서 신고했죠. 근데 경찰이 하는 행태가, 제가 보기엔 이해가 안 되더라고요? 제가 신고했으면 됐지, 왜 자꾸 저한테 전화를 하세요? 제가 복도에 나가서 윗집이 어쩌나 보고 있었는데, 제가 거기서 전화를 받으면, 어? 윗집 사람들이 제가 신고한 줄 알 거 아니에요? 그리고 전화를, 어? 한 사람만 하면 되지, 아주 번갈아가면서 전화를 하시더라고요? 그래서 제가 그랬어요. 아니, 빨리 출동이나 하시지, 자꾸 전화를 왜 하세요? 왜 저를 자꾸 귀찮게 해요? 됐고, 오지 마시라고. 경찰관 도움 필요 없다고, 제가 그랬어요.

패널 2　　…….

패널 1　　(격앙된 어조로) 경찰, 왜 이런 식으로 일하시는 거예요? 네? 이런 식이면 주변에 뭐 있어도 누가 신고를 하겠어요? 이렇게 신고자를 귀찮게 하면요, 절대로 신고 안 해요.

패널 2　　윗집에서 가정 폭력이 벌어지고 있는 것 같다고 센터장님이 신고하셨다는 거죠?

패널 1　　네!

패널 2　　그런데 경찰관이 센터장님한테 전화해서 이것 저것 물어봤다는 거죠. 그것도 여러 번이나.

패널 1　　(씩씩대며) 네! 그렇다니까요!

패널 2　　제 생각에는요. 출동한 경찰관들이 아주 적절하게 잘 대처했는데요.

패널 1	(당황하며) 네?
패널 2	센터장님. 경찰관이 현장에 출동할 때는요, 준비가 되어 있어야 하지 않겠어요? 현장이 어떤 상황인지 모르잖아요. 칼 든 사람이 있으면 방검복이나 방검장갑이 필요할 거고요, 부상당한 사람이 있으면 119도 같이 가야 하잖아요. 그래서 출동하면서 센터장님한테 전화를 한 거예요. 현장을 경찰관보다 센터장님이 더 잘 아시는 거잖아요.
패널 1	아니! 그러면 전화를 한 번만 하면 되잖아요. 왜 출동하는 사람들이 다 한 번씩 전화를 해요!
패널 2	센터장님이 신고하실 때, 아주 긴급한 상황이라고 말씀하셨던 거죠?
패널 1	네! 빨리 오라고, 아주 난리가 났다고 했는데도 이 사람 저 사람이 전화만 하고 오지는 않으니까 제가 화가 났던 거 아니에요.
패널 2	제가 봤을 때는 순찰차가 여러 대 출동했던 것 같아요. 그런데 어느 순찰차가 먼저 도착하게 될지는 모르고, 센터장님이 긴급하고 위험한 상황이라고 말씀하시니까 도착하기 전까지 계속 현장 상황을 파악하려고 전화를 여러 번 했겠죠.
패널 1	아니에요! 순찰차 한 대밖에 안 왔거든요?

패널 2	센터장님이 경찰관 도움 필요 없으니까 돌아가라고 하셨다면서요. 그 말씀 듣고, 순찰차가 여러 대 출동하지는 않아도 될 정도의 상황이라고 판단한 거죠. 순찰차 여러 대가 신고 하나에 전부 출동할 수는 없어요. 순찰차가 모자라서 신고가 밀려 있을 때도 많아요.
패널 1	…….
패널 2	여기 계신 다른 분들도 알아두시면 좋을 것 같아요. 112에 신고하실 때 '여기 무슨 일이 벌어지고 있다'는 걸 알려 주려고 용기 내서 신고하시는 거잖아요? 여러분이 경찰을 도와주셔야 해요. 출동하는 경찰관은 사실 아무것도 모르는 채로 현장엘 가요. 얼토당토않은 신고라도 거짓말이라는 걸 확신할 수 없을 때는 일단 출동합니다. 신고한 여러분을 전적으로 믿고 현장에 가는 거예요. 피해자도 그렇고, 출동하는 경찰관의 안전과 생사도 여러분한테 달려 있어요. 도움이 필요할 땐 언제든지 112에 신고하세요. 그리고 경찰이 안전하게 제 역할을 다할 수 있도록 도와주세요.

청중석의 사람들이 하나둘 박수를 치기 시작한다. 패널 1은

못마땅한 얼굴로 앉아 있다. 박수가 잦아들 때까지 기다렸다가
진행자가 클로징 멘트를 한다.

그건 좀 아니잖아요

태어난 지 석 달 된 아기의 출생신고를 하지 않은 친모에게 아동학대 혐의가 인정되는지 판단하기 위한 회의가 열렸다. 경찰과 아동보호 전문기관, 보건소, 시청 등 여러 기관이 참석해 '출생신고를 하지 않은 사실을 유기 또는 방임한 행위로 볼 수 있는지' 논의하고 지원방안을 모색하기로 했다.

아동보호 전문기관의 상담사가 사건 개요를 설명했다. 아기의 친모는 이제 막 성인이 되었고 어머니와 남동생과 함께 살고 있는데, 집 안 화장실에서 아기가 태어나기 전까지 가족 중 누구도 임신 사실을 알지 못했다고 한다. 아기의 친부는 친모가 클럽에서 만나 하룻밤을 함께 보낸 휴가 중이던 군인이었다. 친모는 지적장애 또는 우울증이 의심되지만 병원에서 진단 받은 바는 없고 정서적으로 자기 어머니에게 의존하고 있으며, 아동보호 전문기관의 조사에 전혀 응하지 않고 있다고 했다.

"친부는 아기의 출생 사실을 알고 있나요?"
"아니요. 친모 말로는 이름도 연락처도 모른대요."
"어떻게 그럴 수가 있어요?"
"부대에 복귀하고 나서 연락이 안 되니까 전화번호를 지워 버렸대요."

"하……."

"엄마를 워낙 무서워해서 임신했다는 걸 말할 수가 없었나 봐요. 아기 외할머니가 그 집 경제활동을 혼자 맡고 있어서 집에 좀체 없고 바쁘기도 했고."

"……."

"산전검사를 받은 적이 없어서 출생신고를 하려면 유전자검사를 해야 된대요. 그런데 검사할 돈도 없다고 하고. 애초에 출생신고를 할 생각이 없으니까요."

"휴……."

"입양 보내려고 해도 일단 출생신고가 되어 있어야 하거든요."

"……."

그렇게 답 없는 답답한 이야기가 계속되던 중에 누군가 이런 발언을 했다.

"그럼 아기 아빠를 찾아 줍시다! 그래서 행복한 가정을 꾸리도록 해 줍시다!"

귀를 의심하게 만드는 이야기였다. 아기의 친부를 찾아내서 "휴가 나왔을 때 클럽에서 만난 여자와 같이 잤던 일 기억하나요? 그때 아기가 생겼답니다. 이제 아기가 태어났으니 아기 엄마와 결혼해서 가정을 꾸리세요!" 하고 이야기해 주자고요? 그러면 '그렇게 셋이서 오래오래 행복하게 살았답니다.' 하는 동화 같은 이야기가 될 거라고요?

"요즘 우리 시의 출산율이 떨어져서 큰일이잖아요. 그런데 아기가 태어났으니 얼마나 축복받을 일이에요? 아기를 위해서라도 엄마 아빠가 합심해서 열심히 잘 살아야지요!"

그가 아기와 아기의 친모, 친부에게 '만들어 주려는 가정' 안에서 그들이 행복할 수 있을까. '우리 시'에 아기들이 많이 태어나면? 아기들이 전부 엄마 아빠와 함께 살게 되면? 가정이 뭐고 행복이 뭔지 나도 잘 모르지만, 당신이 생각하는 그런 건 좀 아닌 것 같아요.

어떻게 전해야 하나

상황실에 갔더니 경비교통과장님이 침울한 표정으로 조금 전에 교통 사망사고가 있었다는 이야기를 하셨다. 과장님이 올 한해 '교통 사망사고 줄이기'를 목표로 삼았다는 사실을 나도 알고 있었기에 안타까운 심정이 이해됐다. 그런데 과장님은 그 목표 때문만이 아니라 사정이 너무 딱해서 그렇다고 했다. 지하도로에서 달리던 택시를 마주 오던 승합차가 중앙선을 넘어서 들이받았는데, 다행히도 승합차의 운전자와 택시 기사는 크게 다치지 않았다. 문제는 택시의 뒷자리에 타고 있던 젊은 손님이었다. 손님도 눈에 띄게 심각한 외상은 없었으나 의식을 찾지 못하기에 응급실로 후송했는데, 도착하고 얼마 안 지나 사망하고 말았다. 조수석 등받이에 머리를 세게 부딪쳐 뇌가 손상되었기 때문이라고 추정하지만 아직 확실하지는 않다고. 승합차의 운전자는 음주측정을 거부하고 채혈을 요구하며 버티는 중이라고 했다.

이야기를 듣던 중에 과장님에게 전화가 왔다. 과장님이 전화기의 스피커폰 버튼을 누르자 교통사고조사계 직원의 목소리가 들렸다.

"과장님. 사망자 신원이 확인되었는데요. ○○년생이고, 이름은 ○○○이랍니다. 주소지가 우리 관내에요."

그 순간 눈앞이 캄캄해지고 머리가 어찔했다. ○○년에 태어난 ○○○이라면 나도 들어본 사람이었다. 우리 사무실에 "서울에서 학교 다니는 딸이 택시를 타고 집에 온다고 했는데 한참이 지나도 안 온다."라는 실종신고가 접수된 지 얼마 안 된 참이었기 때문에. 이제 누군가는 그 집에 기별을 해야 하는데. 딸이 영영 집에 돌아갈 수 없게 되었다는 소식을 어떻게 전해야 하나……

대체 왜들 그래

좋은 기회가 생겨 회사에서 지원해 주는 장기간의 외국어 교육을 다녀왔다. 사무실로 복귀하면 그간 공부한 것을 쓸 일이 많지 않을 것 같아 아쉽던 차에 미국에서 지내는 친한 동생이 스마트폰 앱을 하나 소개해 주었다. 외국에서 젊은 사람들이 친구를 사귀거나 여행 메이트를 구할 때 많이들 쓴다며 외국어에 대한 감을 유지하는 데에 도움이 될 듯싶다고 했다.

동생이 알려준 앱을 깔아서 "네가 제일 좋아하는 디즈니 영화는 뭐니?", "나는 주토피아를 제일 좋아해." 따위의 찰스와 영희가 할 법한 대화를 나누며 동심을 회복하고 있는데 K라는 사람이 메시지를 보내왔다.

K는 어설픈 영어로 자신이 유럽에서 미술을 공부했고 한국으로 돌아와 작품 활동을 하는, 지금은 곧 있을 전시회를 준비하기 위해 캐나다에 체류하고 있는 화가라고 했다. 우리나라 사람인 K가 왜 굳이 영어로 메시지를 보내는지 의아했지만 화가라는 직업에 호기심이 일어서 답장을 보냈다. K는 최근에 그린 그림이라며 사진 몇 장을 보내 주었다. 색을 쓴 방식이 특이해서 꽤 인상적이었다. 그런 이야기를 했더니 K는 난데없이 "내가 평생 만나고 싶던 뮤즈가 나타난 것 같아. 바로 너야. 아이 러브

유." 하는 메시지를 보내왔다. "That's embarrassing(당황스럽구먼)." 하고 답했더니 K는 자신이 "영혼의 동반자를 찾고 있다." 고, 그리고 "사랑은 원래 이해할 수 없는 것."이라고 했다. 으악, 뭐야. 나는 답장하지 않고 앱을 껐다.

K는 좀 이상했지만 그의 그림은 흥미로웠다. 인터넷에서 K의 이름을 검색하자 그의 소셜미디어 계정이 나왔다. 나에게 보여준 그림을 포함한 수십 장의 사진들이 올라와 있었다. 그가 외국에서 그림을 공부하고 여러 전시회에 출품한 적이 있다는 말도 사실인 듯했다. 그중 K가 여러 사람들과 함께 찍은 사진이 있기에 클릭해 보았다. 사진 설명으로 보아 어느 행사에 참석했을 때인 듯했는데, 눈이 번쩍 뜨이는 댓글이 달려 있었다.

"형, 결혼하더니 얼굴이 좋아졌네. 형수도 볼 때마다 미인이야." 다시 보니 사진 속 K의 옆에 있는 여자에게 태그가 붙어 있었다. 여자의 계정에는 결혼식과 아기 돌잡이에서 찍은 사진이 업로드 되어 있었는데, 결혼식 사진에서 신랑은 K였고 당연하게도 돌쟁이 아기의 아빠도 K였다. 놀랍지는 않았다. 차라리 K가 "가난한 유학생이라 붓도 물감도 살 돈이 없다. 돈 좀 부쳐다오."라고 했으면 내가 속을 줄 알까 보냐고 웃기나 했을 텐데.

알 만한 사람이, 대체 왜 그래.

언젠가는 성폭행을 당할 뻔했다는 신고에 모델로 출동한 적이 있다. 너무 늦지 않게 도착하기를 바라며 서둘러 갔더니 뜻밖에 옷을 단정하게 입은 남녀가 모텔 로비에서 손짓을 했다. 신고한 여자의 말로는 함께 밥을 먹던 중에 남자가 갑자기 몸이 안 좋다기에 모텔에서 '잠시 안정을 취하고 가기'로 했는데, 방에서 이야기하다 그가 느닷없이 자신을 침대로 밀치더니 강압적으로 성관계를 요구했다고 했다. 소리를 지르고 몸부림을 치고 남자의 손을 깨물어서 가까스로 상황을 모면할 수 있었고, 마침 복도를 지나던 업주가 소란을 듣고 문을 열었기에 뛰쳐나와 경찰에 신고할 수 있었다며. 남자와 어떤 관계냐고 묻자 여자는 '남자친구'라고 했다.

"사귄 지는 일주일 됐는데 오늘 처음 만났어요."

만난 게 오늘 처음인데 사귄 지는 일주일 됐다고? 잘못 들었나 싶어 되물었으나 여자는 내가 들은 대로가 맞다고 했다. 채팅 앱을 통해서 처음 알게 되었고 일주일 전부터 사귀기로 했지만 얼굴을 마주한 건 오늘이 처음. 남자가 "내가 선천적으로 심장이 약해서 종종 통증이 있는데 당장 병원에 갈 정도는 아니고 조금만 누워 있으면 될 것 같다."라고 하기에 함께 모텔로 왔다고. 여자의 이야기가 모두 사실이냐고 하자 남자가 그렇다고 했다. 예, 심장이 퍽도 약하시겠죠. 간은 부었고 말이죠?

아니, 대체 왜들 그래?

그때는 맞고 지금은 틀리다

　　지금은 성적 자기결정권 및 사생활의 비밀과 자유를 침해한다고 해서 폐지되었지만 간통죄를 처벌하는 형법이 유효하던 때가 있었다. 배우자 있는 사람이 다른 이성과 통정(사실 정이 아니라 몸을 통했다고 해야 맞겠지만)하는 행위를 범죄로 정한 것인데 별스러운 점이 몇 가지 있어서 오랫동안 논란의 대상이었다. 고소가 있어야 논할 수 있는 범죄이고, 고소가 취소되면 공소권이 없어지며, '간통행위 이전 또는 이후에 용서를 받으면 범죄가 되지 않는다' 등등. (이렇게 난해해서야 원, '이혼 전문 변호사'를 자처하는 사람들이 동네마다 몇 명씩 있을 만도 했다.)

　　이천십오 년에 간통죄는 헌법재판소의 위헌 결정으로 형법에서 삭제되고 '옛날이야기'의 영역으로 옮겨가게 되었다.

　　그러고도 호사가들은 간통죄를 소재로 쑥덕거리기를 멈추지 않았다. "옛날에는 배우자들이 여관방 벽에다 귀를 대고 있다가 신고하는 경우가 흔했다더라."(귀를 왜?) "경찰이 들이닥치면 방 안에 있던 사람들은 황급히 무얼 어떻게 했다더라."(무얼 어쨌다고?) "전에 선배 경찰관들은 간통죄의 현행범을 체포할 때 적법과 위법 사이에서 어떻게 아슬아슬하게 일을 했다더라."(어떻게 그래?)

그리고 내 친구 E가 해 준 옛날이야기가 하나 있다. 어느 경찰서에 간통죄의 현행범으로 체포되어 온 남녀가 있었다. (쉿! 어떤 과정을 거쳐 체포했는지는 묻지 말자.) 112에 신고한 사람은 상간자 중 남자 쪽의 부인이었는데, 다툼의 여지없이 간통죄의 증거품으로 쓸 수 있을 물건들을 여관방에서 양손 가득 챙겨 뒤늦게 경찰서로 왔다.

간통죄에서 이상한 점 또 하나는 혼인이 해소되거나 이혼소송을 제기한 후가 아니면 고소할 수 없다는 사실이었다. E가 맡게 된 그 사건에서 남자의 부인은 이혼까지는 하고 싶지 않고 상간녀와 자신의 남편이 더는 만나지 못하도록 혼쭐내주고 싶을 뿐이었다. 그래서 사건이 진행되지 않을 줄 알면서도 일단 경찰에 신고를 했는데, 오히려 남편의 태도가 적반하장이었다.

"야! 난 너 안 사랑해. 내가 사랑하는 건 이 여자야. 이혼해줄게, 이혼해! 그리고 간통죄로 고소해. 나는 감당할 수 있어."

부인이 이혼소송을 제기하지 않았다는 것으로 E의 이야기는 끝난다.

사람이 어떻게 그렇게 변덕이 심하냐는 이야기를 들으면 이렇게 대꾸해 주자.

"법도 바뀌고 사랑도 변하는데, 세상에 영원한 게 어디 있겠니."

나 같은 사람하고 싸울 게 아니에요

몇 해 전 일하던 부서에서 큰 행사를 주관하게 되었는데 내가 총책임을 맡았다. 경찰서 행사는 으레 본관 4층 강당에서 하기 마련이지만 당시 수상단체로부터 통보받은 참석인원이 너무 많아서 외부 장소를 대관하기로 했다. '평소 경찰의 원활한 업무 수행을 위해 협조한 지대한 공로'가 있는 사람들에게 감사장을 수여하기 위한 행사였기에 그들의 웬만한 요청은 들어주기로 했다.

그런데 '초대 손님'에 대한 온도 차이는 문제가 되었다. 내 심장이 콩알만 한 탓도 있었거니와 행사가 지방선거를 고작 몇 주 앞두고 치러질 예정이었기에 사소한 것 하나라도 국가공무원의 정치적 중립에 관련된 법규에 어긋나게 될까 봐 신경이 쓰였다. 수상단체 측에서는 "그 사람들이 그런 거(유세) 안 하려면 왜 오겠느냐. 초청장에 이름까지 다 써 놨는데 어떡하나?"며 못마땅해 했지만 어쩔 수 없었다.

왜 불안한 예감은 틀린 적이 없나. 초대하지 않기로 했던 사람들이 갑작스레 행사장에 들어섰다. 소속 정당을 나타내는 알록달록한 바람막이 점퍼를 입은 이들을 보니 눈앞이 어질했다. 그들은 내빈석에서 잠시 멈칫하다가 마침 리허설을 위해 비어 있던 수상자석 한가운데에 자리를 잡았다. 수십 명이 함께 단상에 올라 상을 받기로 되어 있어서 동선이 흐트러지면 곤란하겠다는 생각에 안 그래도 마음이 쓰이던 참이었다. 다가가 목소리를 낮춰 이야기했다.

"죄송하지만 여기는 수상자석으로 배정되어 있습니다. 자리를 마련해 드릴 테니 옮겨 주시면 어떨까요?"
"뭐? 너 내가 누군지 알아?"
"나가라는 거야? 지금 우리 보고? 어?"

장내가 소란스러워지자 시선이 집중되었다. 수상자들이 눈치를 보다가 하나둘씩 자리에서 일어서더니 통로로 나와 줄지어 섰다.

"그냥 앉아 계시라고 해요. 우리가 서 있으면 되니까."
수상자석 한가운데를 차지하고 있던 사람들이 그 말에 힘을 얻었는지 내게 가까이 다가와 배를 내밀며 삿대질을 했다. 가만히 지켜보고 있노라니 그들은 잠시 더 야단을 부리다가 제풀에 기세가 꺾여 행사장을 나갔다. 남아 있던 자들은 사회자에게 달려들어 자신을 외빈으로 소개해 달라고 요구했고, 차례로 단상 앞에서 법석을 피우더니 만족한 표정으로 뒤도 돌아보지 않고 나갔다.

그리고 몇 날 며칠 나를 찾는 사람들이 많았다. 혹자는 내가 싸움을 붙였다고 했고, 혹자는 내가 똥물을 뒤집어썼다고 했다. 뭘 두고 하는 말인지 모르겠지만 나보고 알아서 다 책임지라는 사람도 있었다. 어딘가에서는 전화를 걸어와 자리를 마련할 테니 한 번 들르라고 했는데, 사과하러 오라는 말이냐고 묻자 "아니 그건 아니고요……." 라며 말끝을 흐렸다.

내가 다 책임지겠노라고, 다만 잘못한 일이 없기 때문에 책임질 일도 없을 거라고 했다. 어떻게 감히 내가 한 일을 '싸움을 붙였다'고 할 수 있냐고도 반문했다. 같은 상황이 또 생기더라도 전에 했던 그대로 똑같이 한 번 더 할 거라고 했다.

그리고 한 달 남짓 지나서 여러 사람의 입을 거친 사과를 받았다. 직접 들은 것이 아니니 애당초 그들이 무엇에 분개했으며 어째서 갑작스레 미안해하는 것인지 알 도리가 없었다.

2018년 6월 14일 아침 지하철 1호선. 전날 수요일 지방선거일을 휴일로 쉬었지만 썩 피로가 풀린 느낌은 아니었다. 이번 주에는 월요일을 두 번이나 보내는 것 같다고 생각하며 미적대다가 집을 나섰는데 유난히 지하철이 굼떴다. "앞서가는 열차가 전역을 출발하지 못한 관계로 이 열차 이번 역에서 좀 더 정차하겠습니다." 하는 안내 방송은 낯설지 않았다.

한데 오늘의 안내 방송에는 이어지는 이야기가 있었다. 신길역에서 '농성'이 있다고 했다. '사회적 약자 단체의 이동권 보장을 위한 농성'이라고 했다. 그들은 신길역에서 출발해 휠체어를 탄 채 지하철에서 줄지어 내리고 다음 열차를 탔다가 또다시 다음 역에서 하차한 뒤 바로 다음 열차 타기를 반복하며 시청역까지 갔고, 서울시청 앞에서 시장의 사과와 장애인 이동권 보장 선언* 이행을 요구했다.

인터넷으로 기사를 찾아보았다. 2017년 10월 20일 신길역 1호선-5호선 환승 계단에서 故 한경덕 씨가 휠체어 리프트를 작동시키려던 중 계단으로 추락했고 의식을 찾지 못한 채 2018년 1월 25일 사망했다. 기사에 따르면 장애인 이동권 보장을 위한 시위가 이번이 처음이 아니며, 지하철 휠체어 리프트 때문에 발생한 사고 역시 2017년 10월이 처음이 아니라고 했다. 2001년 오이도역, 2002년 발산역, 2006년 인천신수역, 2008년 화서역 그리고 2017년 신길역에서 오늘 농성의 발단이 된 사망사고가 있었다고 했다.

집에 돌아오는 길에 까닭 없이 신길역에서 내려 환승통로를 따라 걸어 보았다. 5호선을 타러 내려가는 계단은 아찔하게 높았다. 무서웠다. 휠체어 리프트에는 경고 문구가 인쇄된 노란 색지가 여러 장 붙어 있었다. 인터넷 기사 사진에서 본 그대로였다. 아침 지하철에서 누군가 "씨발, 뭐 하는 짓들이야!" 하고 소리

●휠체어 리프트를 철거하고 서울메트로와 서울특별시도시철도공사가 관리하고 운영하는 모든 지하철 역사에 엘리베이터 설치-장애인 이동권 증진을 위한 서울시 선언, 2015.12.3.

쳤었다. 그는 인터넷 기사에도 곱지 않은 댓글을 함부로 꾹꾹 눌러 썼을 게 틀림없다. 그는 휠체어 리프트에 탑승하다가 굴러떨어져 죽을 수도 있다는 공포를 이해하지 못하는 것이다. 그의 무심함이, 자신과는 평생 무관한 일이라는 그의 만용이, 지금 이 순간 그와 같은 사회에서 살아가고 있다는 사실이 무서워졌다.

그렇다면 나보고 '싸움을 걸었다'던 사람들이 해야 할 일도, 실상 나처럼 사소한 사람과 고작 어느 행사장에 자리를 내주니 마니 하는 볼품없는 일로 아옹다옹할 게 아니지 않나. 싸우는 게 그들의 업이기는 하겠지만 대의를 위한 싸움을 해야지 않겠나.

"사람으로서 마땅히 지키고 행해야 할 큰 도리를 위해 출사표를 던졌다."고 하면 멋있지 않나. 사람들의 신임에 빚을 지고 정계에 발을 들였다면 그 정도 멋있는 말쯤은 할 줄 알고, 그 말의 무게만큼 전력을 다해 구태와 악습에 맞서 싸워야 하지 않나. 생존을 위한 누군가의 처절한 싸움은 왜 못 본 척하고 입 다물고 귀 닫고 있나.

부끄럽지 않나요?

부장님의 직업병

"시체 썩는 냄새가 나요."

대체 사람들은 어떻게 그 냄새를 알고 있는 걸까. '이상한 냄새'가 아니라 **'시체 썩는 냄새'**가 난다고들 신고를 한다. 그러면 현장에서는 사람이든 동물이든 어김없이 생명이 떠난 몸뚱이가 발견된다.

처음 '그 냄새'를 맡았을 때 나는 중학생이었다. 여름날 학원 가는 길에서 뭐라 설명하기 어려운 구터분한 냄새를 느꼈고, 며칠 후 가로수 그늘 아래에서 이미 상당히 부패해 털과 거죽이 분리된 돼지머리를 발견했다. 행운이나 안전, 번창 같은 것을 기원하는 의식에서 주빈 대접을 받았을 돼지머리가 거무죽죽하게 변색되어 구더기 더미 속에 부패액을 흘리며 일그러져 놓여 있었다. 나는 그렇게 '그 냄새'를 알았다.

"배운 건 다 잊어버려도 현장에 갈 때 장갑과 마스크 챙기는 건 절대 잊지 말아라." 경찰교육원 졸업을 며칠 앞둔 수업에서 교수님이 당부했다. 그리고 무시무시한 말씀이 이어졌다.

"현장에 아무 준비 없이 갔는데 혹시나 슈퍼바이러스니 뭐니 하는 거라도 있어 봐. 너희가 매개체가 되어서 가족이며 직원들한테 다 옮길 거란 말이야."

일을 시작하고는 장마철 고시원 방 안, 공원 테니스장 뒤 덤불 속, 들르는 이 없는 단칸 주택 같은 이곳저곳에서 '그 냄새'를 맡았다.

장갑과 마스크. 어쩌면 펄프 조각과 가죽 쪼가리에 불과할지 모르지만 이승을 떠난 사람과 동물이 내뿜는 나쁜 것들로부터 나를 지켜 줄 거라고 믿었다. 아니, 믿지 않으면 일을 할 수 없었을 게다.

미세먼지가 기승을 부리던 날. 점심시간이 가까워오자 다들 마스크를 찾느라 분주했다. 사무실을 나서며 저마다 목이 칼칼하고 코가 건조하고 눈이 간지럽다며 한 마디씩 투덜댔다. 돌아오는 길에서야 부장님[●] 한 분이 마스크를 쓰지 않은 것을 알아챘다. 마스크가 몇 개 더 있으니 사무실에 들어가면 하나 드리겠다고 하자 부장님이 대답하시기를.

"아니요. 저 마스크 못 써요. 쓰면 제 숨에서 시체 썩는 냄새가 나는 것 같아서요."

● 경찰 계급에서 경장, 경사의 별칭이다.

부장님은 경찰에 들어와 과학수사팀에서 몇 년을 일하고서 형사팀으로 옮겼다. 말하자면 아주 긴 시간 동안 장갑과 마스크와 함께 지낸 셈이다. 그래서 이제는 마스크를 쓰기만 해도 구터분하고 들큼한 시취屍臭가 떠올라서, 차라리 미세먼지를 마시는 편을 택하겠다는 이야기였다.

사무실에 돌아오자 문 앞에 부장님의 택배가 도착해 있었다. 인터넷으로 주문한 랜덤박스라며 모 브랜드의 향수였으면 좋겠다고 했지만 부장님의 기대는 빗나갔다. 실망하던 부장님은 인터넷을 검색하더니 '연예인 ○○○이 즐겨 쓰는 향수'라는데 향이 좋다니 한번 써보겠노라고 했다. 피치와 프리지아와 네롤리의 탑노트에 미들노트는 오렌지 꽃 향이고 어쩌고……

귓구멍마저 향기로워지는 듯하던 중에 문득 이런 생각이 들었다. 나도 부장님처럼 이 일을 계속하다 보면 스스로에게서 시취를 느끼게 될까. 그녀처럼 마스크를 쓰는 것이 진절머리가 나는 때가 오는 걸까.

땅콩캐러멜의 행방

　　　　우리 사무실의 손님맞이용 테이블 위에는 사탕이 든 항아리가 하나 있다. 실종 예방을 위한 '지문 등 사전등록'에 필요한 사진을 촬영하고 지문을 스캔할 때 우는 아이들을 달래기 위해 준비해 두었다. 그렇다고는 해도 항아리를 채우기 위한 예산은 따로 없기에 이따금 행사나 회의에서 쓰고 남은 사탕이나 초콜릿, 캐러멜 따위를 담아 놓을 뿐이다.

　　때때로 들여다보면 항아리 안은 어느새 텅 비어 있다. 그렇다면 테이블 근처에 사탕의 흔적이 남아 있을 만도 한데, 빈 사탕 껍질이 눈에 띈 적은 단연코 한 번도 없다. 항아리에 사탕을 채워 두었던 일이 거짓말인 것만 같다. 사탕들은 어디로 사라지는 걸까. 항아리 속에 사탕 도깨비 따위가 숨어 있기라도 한 걸까. 전대미문의 이 수수께끼는 얼마 전에야 실마리를 찾을 수 있었다. 호호백발의 노부부가 우리 사무실을 다녀간 날이었다.

　　똑똑. 조심스러운 노크가 있고서 사무실 문이 빼꼼히 열렸다.
　　"우리 할아버지가 치매가 있어요. 아기가 되어가지고, 어디 나가면 집에 못 돌아오실까 봐. 여기서 그런 거 해 준다고 해서 왔어요. 길 잃으면 찾을 수 있게 사진이랑 지문을 미리 등록해 놓는 거요."

145

두 분을 안으로 모시고 할머니에게 신청서를 작성하시도록
했다. 할아버지는 할머니의 곁에 앉아 의자 팔걸이를 쓰다듬다
가, 양복 윗도리 밑단을 만지작만지작하다가, 마침내 테이블 위
에 놓인 사탕 항아리를 두 손으로 잡고 조심스레 가까이 끌어
당겼다. 나는 살그머니 의자 위에 무릎을 꿇고 앉아 책상 칸막
이 너머를 가만히 지켜보았다.

할아버지는 사탕 항아리 바닥이 끌리는 소리에 놀랐는지 곧
항아리를 제자리에 도로 돌려놓았다. 그리고 잠시 후 다시 조
심스레 들어 올려서는 그 안을 들여다보았다. 숙고 끝에 할아
버지가 집어든 것은 끝을 날개처럼 비틀어 여민 길쭉한 갈색 땅
콩캐러멜 한 개였다. 할아버지는 윗도리 주머니에 그 땅콩캐러
멜을 집어넣었다.

지문과 사진 등록을 마치고 할머니에게 치매노인 배회감지기
에 대해 설명하고서 배웅하던 참이었다. 할아버지가 무언가를
감추고 있던 주먹을 펴면서 할머니에게 내밀었다. 그러자 좀 전
에 할아버지의 주머니로 들어갔던 땅콩캐러멜이 모습을 드러냈
다. 할아버지가 입을 열었다.
"이거 맛있는 거야. 먹어."
"아이고, 고마워요. 잘 먹을게."

할머니는 한 손으로는 땅콩캐러멜을, 다른 손으로는 할아버
지의 손을 꼭 쥐고 사무실을 나섰다. 아하. 사탕들은 이런 사정

으로 항아리를 떠나는구나. 여전히 사탕 항아리를 위한 예산은 없지만 항아리가 채워져 있는 날은 이전보다 조금 길어졌다. 땅콩캐러멜의 행방에 관한 이야기를 들은 이들이 종종 따뜻한 마음과 사탕을 보내오는 덕분이다.

칼춤을 추리라

　　나는 화를 잘 참지 못한다. 듣기 싫은 소리를 쏘아붙이거나 불쾌함을 온 얼굴에 드러내거나 책상을 쾅 내려치는 등 어떻게라도 표현하지 않고서는 못 견딘다. 화를 내어 마땅한 타이밍을 놓치기라도 하면 억울하고 원통한 마음에 병이 날 지경이다. 남들 안 듣는 데에서 개새끼, 소 새끼, 말 새끼, 시발 새끼! 하고 일갈하고도 분이 안 풀리면 상황을 몇 번이고 곱씹으며 혼쭐내 줄 일을 계획한다.

　甲이라는 사람이 있었다. 나와 같은 시기에 같은 경찰서로 발령 나서 근무하게 된 것 말고는 전혀 접점이 없었다. 그런데도 어쩌다가 복도나 구내식당에서 만나면 나에게 극성스러우리만큼 친한 척을 했다. 그 사람 딴에는 스스로가 어르신이고 고참이라 나를 돌보아 준다고 생각했는지 모르겠지만, 나로서는 별난 사람이구나 싶을 뿐이었다.

　경찰은 연초의 승진시험에 합격하더라도 인력 수급과 계급별 정원에 맞춰 순차적으로 계급장을 달아 준다.● 내 이름은 승진 후보자 명부의 중간 정도에 있었는데 연말이 되어서야 차례가 돌아왔다. 그달 우리 경찰서에는 승진자가 두 사람밖에 없어

●승진임용 된다는 뜻이다.

승진 임용식이 단출했지만, 나로서는 이미 승진 예정 계급의 대우를 받고 있던 터라 서운할 일이 없었다. 그런데도 왜 甲이 유독 나의 승진을 특별하게 생각했는지 도무지 알 수가 없다.

"승진 떡 언제 돌릴 거야?"

승진 임용식이 있은 며칠 뒤 복도에서 맞닥뜨린 甲이 물어왔다. 승진 떡이라니. 나로서는 여태 승진했다고 경찰서 전체에 떡을 챙기는 경우를 본 적이 없었다. 甲이 축하한다는 말을 에둘러 하느라 승진 떡 운운했으려니 생각하고 "아, 예. 기회가 되면 할게요." 하고 말았다. 그런데 甲은 농담이 아니었던 모양이다. 그로부터 며칠 후 다시 마주친 甲이 정색하고 큰소리를 쳤다.

"떡 안 돌릴 거야? 돌린다며!"

귀찮고 거북하느니 차라리 돈을 좀 쓰고 만다는 게 내 신조다. 일이 이상하게 됐구나 싶었지만 경찰서 맞은편 떡집에 떡 너 말을 주문했다. 甲의 사무실에는 특별히 떡을 고봉으로 얹어서 가지고 갔으나 공교롭게도 甲은 출장 중이었다. 같은 날 승진했던 분이 전화를 걸어와 "웬 떡을 돌렸어요?" 하는데, 승진 떡은 甲이 나한테만 한 이야기였음을 깨달았다. 기분이 묘했다.

나는 집체 교육의 효과성에 대해 크게 기대하지 않는다. 만약 그게 효과적인 교육 수단이었다면 '갑질 척결'과 '미투(#MeToo)'가 핫이슈인 작금에 甲이 이 글의 주인공이 될 일은 없었을 테니까. 공무원의 품위유지의무 위반 행위와 갑질, 성비

위性非違를 경고하는 간부 회의를 마치고 나오는데 甲이 복도에서 있었다. 인사를 하고 지나치려는데 느닷없이 甲이 내 오른손을 쥐고 들어 올렸다.

"이런 것도 미투야? 이러면 미투가 돼?"

이게 무슨 상황인가 싶어서 입을 딱 벌리고 있노라니 당황한 주변 사람들이 "그러시면 안 돼요."라며 甲을 말렸다. 나는 어처구니가 없어 말문이 막혔다. 甲은 한참 동안이나 내 손을 잡은 채 "서장님이 우리 경찰서의 넘버원이면 나는 넘버 투 정도 되지 않겠느냐. 그러니 내가 '미투'다."라며 억설을 늘어놓고 혼자 허허허 웃고는 자리를 떠났다.

밤에 자려고 눕자 열이 뻗쳐 올라왔다. 나는 얼뜨기 머저리 얼간이 바보인가? 평소에는 야무진 척 잘하면서, 어째서 화내고 따져 물어야 할 때는 아무 말 못 하고 멀거니 서 있었나. 생각할수록 자신이 한심하고 甲이 괘씸해서 잠이 안 왔다. 甲이 붙잡았던 오른손에서 불쾌한 느낌이 가시지 않았다. 甲이 한 짓은 성희롱인가 아닌가? 성희롱이 아니라고 한다면 나는 이 불쾌함과 자괴감을 참고 견뎌야 하나? 甲은 부끄러움을 모르는 채로 내버려두고 스스로를 탓하면서 이 일을 지나 보내고 나면 두고두고 후회하지 않을까.

아니, 그렇게는 못 하지. 내가 어떤 사람인데. 어디 한 번 두고 보자.

　다음 날 아침, 나는 甲이 만행을 저지른 날 복도에 함께 있었던 A의 사무실에 찾아갔다. "굉장히 불쾌했거든요. 스스로가 한심해서 화가 나요. 제가 甲 본인보다 계급 낮고 성별 다른 직원이 아니었다면 함부로 그런 행동을 했을까요? 제가 과민한가요?" A는 자신도 甲의 행동이 도를 지나쳤다고 생각하며, 더 강하게 만류하지 않아서 미안하다고 했다. 그는 내가 원한다면 함께 상담관에게 가겠으며 증인이 되어 주겠다고 했다.

　내가 먼저 상담관에게 일의 전말을 이야기하고 뒤이어 A가 부연 설명을 했다. 그런데 상담관의 입에서 나온 말은 실망스러웠다. 내 이야기를 듣는 동안에는 내가 좀 예민하구나 싶었고, A의 이야기를 듣고 나니 甲의 행동에 문제의 소지가 '있었을지도 모르겠다'는 생각이 든다고 했다. 그러면서 "여직원들이 예전에는 웃고 넘어갔을 별것 아닌 일도 요즘에는 문제를 삼는 경우가 많이 있지 않느냐."며 묘한 표정을 지었다. 순간 머릿속에서 종이 울렸다. 땡땡땡. 나는 甲에게서 사과와 재발방지 약속을 받지 못하면 공식적으로 문제를 제기하겠다고 했다. 상담관은 마지못해 甲의 사무실에 전화를 걸어 나와 함께 방문하겠다고 알렸다.

　"여러모로 생각해 보고 말씀드리는 건데요. 회의 끝나고 나오면서 복도에서의 일 기억나세요?"

"어, 반갑다는 표시를 한 것 같은데."

"제 생각에는 그때의 말씀이나 행동이 적절하지 않았던 것 같습니다. 불쑥 손을 잡는 것, 동성이라도 흔히 하지 않는 행동인데 특별한 친분도 없는 분이 그러셔서 당황스러웠습니다. 중요한 건 그런 행동을 하는 사람의 마음보다는 받아들이는 사람의 마음이죠. 제가 특별히 예민한 게 아니라면 그 자리에 다른 사람이 있었더라도 마찬가지로 불쾌하다고 느꼈을 거예요."

"참, 내가 좋아서 그랬든 반가워서 그랬든 하는 건 별론으로 하고, 그런 마음을 가지셨다 하면은 내가 백 프로 잘못한 거죠. 말씀해 주신 내용 고맙게 받아들이고 다음부터는 이런 일이 없도록 나 자신을 다듬도록 하겠습니다. 미안합니다. 다음부턴 안 그러겠습니다."

"그 자리에 있던 사람들이 말렸으니 곧 그만두시리라 생각했는데 그러지 않으셨죠. 저는 불쾌했고, 그날의 일에 대해서 어떻게 생각하시는지 말씀을 한번 들어보고 제 생각도 말씀드리고자 왔습니다."

"네, 앞으로 내가 조심할게요. 기분 나쁘신 것 푸세요."

문제가 문제인 것을 문제를 일으킨 사람만 모른다는 것이 문제다. 당한 사람이 문제를 문제로 알지 못하는 것이 문제가 아니라고요. 상급자인 甲으로부터 앙갚음을 당하게 되지나 않을까, 甲이 그런 적 없다고 딱 잡아떼면 나만 이상한 사람으로 몰리게 되는 게 아닐까, 가만히 참으면 지나가고 잊힐 일을 공연히 문제 삼아 불평불만 가득한 사람으로 낙인찍히면 어쩌나, 하는 생각 때문에 고민스러웠다. 나는 원체 화를 마음속에 담아두지 못하는 사람이라 이 정도로나마 속풀이를 했지만, 비슷한 일을 겪고서 화는 화대로 나고 속은 속대로 앓고 있는 사람들이 얼마나 많겠나.

툭 건들면 반사적으로 나올 수 있도록 아침마다 이런 짧은 문장을 주문처럼 외워도 좋겠다. "별 거지 같은 경우가 다 있네." 아니면 "뭐야, 시이발?" 같은 패기 넘치는 문장을. 매일 자기 나이 숫자만큼씩 연습하면 어떨까? 살면 살수록 쓰고 싶을 때가 많아지는 표현이니까.

등신보단 쌍년이 인생 살기 편하다고 했겠다. 화병 나서 앓느니 미친 척하고 칼춤을 추리라.

제4장

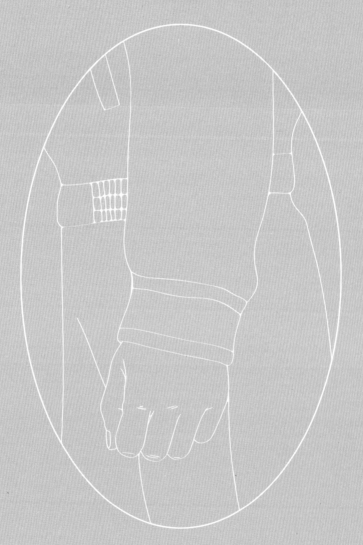

가는 곳마다 울고 화내고
피하고 싶은 일들 투성이지만,
'힘내고 화이팅' 할게요.

제가 어쩌다 경찰이 되었냐면요

2004년 초 서울.

서너 달 사이 인접한 몇 개 구에서 피해자가 여성인 살인 및 살인미수 사건이 연달아 발생했다. 범인은 오리무중이었고 시간이 흐르자 사건들은 '서울 서남부 지역 연쇄 살인'이라고 통칭되었다.

그해 5월의 비 내리던 늦은 밤. B 공원 후문에서 인사를 나누고 헤어지던 대학생 커플이 있었다. 남자가 지하철 막차를 타려던 참에 여자친구에게서 전화가 걸려왔다. 전화기 너머에서 여자친구는 "나 칼에 찔렸어……." 하고 속삭였다. 남자는 피 웅덩이 속에서 발견한 여자친구를 둘러업고 병원으로 내달렸지만 여자는 끝내 사망하고 말았다.

그 공원은 내가 다니던 고등학교에서 300미터도 채 안 되는 곳에 있었다. 이제 위험은 학교 울타리 바로 너머에 도사리고 있는 것 같았다. 학교에서는 서너 명씩 무리 지어 어두워지기 전에 집에 가라고 했고, 선생님들은 당번을 정해 하굣길을 감독하고 공원 어귀를 순찰했다. 동네에서도 순찰차가 눈에 띄지 않는 때와 곳이 없었는데, 주민들은 순찰차 경광등을 성가시게 여기면서도 위안으로 삼았다. 그런 일을 겪으며 나는 '어떤 인간이 이런 짓을 하지?' 하는 생각을 했다.

시간이 지나며 사건의 여파는 점차 잦아들었고 학교생활은 다시 단조롭고 고단해졌다. 수능 성적표가 나오자 담임선생님은 나에게 "지금도 경찰이 되고 싶냐?"고 물으셨다.

"전엔 그랬는데요. 지금은 잘 모르겠어요."
"야, 너 할 거라며, 경찰! 아니면 뭐 할래?"
"글쎄요……."
"뜻을 세웠으면 인마, 못 먹어도 고 해야지."

나는 그렇게 경찰행정학과에 원서를 쓰게 되었다.

대학 생활은 다사다난했다. 우리 과 학생들은 입학 성적이 좋기로 정평이 나 있었고 다수가 장학생으로 학교에 들어왔지만, 학과 생활을 하며 두 번째 학기까지 장학금을 유지할 수 있었던 친구를 손에 꼽기에는 손가락이 너무 많았다. 그렇지만 "하려면 할 수 있잖아?"라며 여러모로 우리를 담금질했던 선배들 덕분에 여러 의미에서 대범해지고 초연해질 수 있었다. (밥 사주고 술 사 주며 유도 가르치고 남산 달리기 시키고. 힘들어도 힘든 티 내지 마, 하려면 뭐든 할 수 있다고!)

그렇게 대학교에서 두 해를 보내자 단골 술집 두어 곳, 사랑한다고 하면 "미쳤냐?"고 할지언정 당황하지는 않을 쉰 명의 친구들, 그리고 낮에는 자전거를 타고 밤에는 각 지역에 근무하는 선배들에게 술을 얻어 마시며 나흘 만에 서울에서 부산까지 간 일 따위의 어처구니없는 이야기들이 남았다. 그러면서 '(빡 센 과 생활도 했는데) 뭐든 하려면 할 수 있지.' 하는 치기 어린 좌우명을 얻었다.

2학년을 마치자 친구들은 군대로, 신림동 고시촌으로, 어디론가 떠났다. 나는 충동적으로 휴학계를 제출했다.

이런저런 사정 끝에 동네 작은 술집에서 아르바이트를 하게 되었다. 어느 날, 함께 일하던 乙이 일을 그만둔다고 했다. 같이 사는 고향 친구가 남자친구와 살림을 합치게 되어 짐을 빼 주기로 했는데, 근처에는 가진 돈으로 구할 수 있는 방이 없어서 멀리 이사를 가게 되었다고. 매니저는 "이달은 아직 보름밖에 안 지났고 가게는 30일이 월급날이니 이달치 급료는 줄 수 없다."고 했다. 乙은 고개를 떨어뜨리고 대꾸 없이 라커를 정리해서 나갔다.

나는 며칠 동안 고민하다가 매니저에게 "乙한테 보름치 급료를 주어야 옳은 게 아닌가요?"하고 물었다.

"신경 꺼. 본인이 안 받겠다고 하고 나갔는데 네가 무슨 상관이야."

그럼 내가 지금 그만두더라도 乙에게처럼 한 푼도 안 주겠냐고 물었다. 그달의 스무 번째 날쯤 되었을 때였다. 성가셔하는 표정과 함께 당연히 그럴 거라고, 너도 그만두려면 마음대로 하라는 대답이 돌아왔다. 부아가 치밀었다. "그래, 그만두마. 다만 나와 乙에게 이달 급료를 지급하지 않으면 가만히 안 있을 테다. 두고 보자." 하고 올렀다. 며칠 지나자 최저임금으로 셈한 스무 날치 급료가 입금되었다. 이럴까 말까, 저럴까 말까 하다가 경찰이 되기로 결심한 것이 바로 그때였다. 나는 그 돈으로 경찰시험 수험서를 사고 인터넷 강의를 신청했다.

학교에서 1년, 신림동 고시촌에서 1년을 공부하고서 두 번째 시험에 합격했다. 두 번째 시험에 임박해서는 잠도 못 자고 밥도 못 삼키며 한 달을 보냈다. 시험에 또 떨어지면 내 길이 아니겠거니 생각하고 그만두려 했지만 꿈만 같게도 그해 합격자 명단에 내 수험번호가 있었다. 경찰교육원에서 교육받는 동안 '시험에 붙은 게 꿈이었고 현실에서는 수험 생활을 계속 이어가야 한다'는 무시무시한 꿈을 몇 번이나 꾸었다. 지독한 꿈이었다.

그런 일들 끝에 경찰이 되어 훌륭하지는 못하지만 아주 어설프지도 않게 내 몫의 일을 하고 있다. 내가 어쩌다 경찰이 되었는지 묻는 사람에게는 "안타깝고 소소하게 불운한 사건들이 나를 경찰로 만들었다."고 답한다. 그렇게 말하면 설명이 되려나.

일하다가 싸우고 얻어맞고 소리 지르고 울었던 지질한 이야기를 하는 게 무슨 자랑스러운 일이겠는가. 그럼에도 불구하고 계속 글을 쓰는 이유는 이런 마음 때문이다. 속 모르는 사람은

이 일이 철밥통이라 좋기만 하지 나쁠 게 뭐 있겠냐고 할 테지만, 알고 보면 우리 밥통 속에는 곤란과 시련과 속상함과 눈물 같은 게 마구 뒤섞여 있다. 우리는 그런 것들을 꾸역꾸역 집어삼키며 일하고 있다. 정말이다. 그러니 철밥통 안에 뭐가 들었는지 한 번 관심 가져 주시라고. 그러면 우리 경찰이, 조금은 안쓰럽지만 친근하게 느껴지게 되지…… 않을까요.

※ 서울 서남부 지역 연쇄 살인사건의 범인 정남규는 2006년 4월 22일 검거되어 2007년 4월에 대법원에서 사형이 확정되었으며 2009년 11월 21일 수감 중 목을 매 스스로 생을 마감했습니다.

납량 특집: 아홉 번째 동기

이 이야기는 제가 겪은 실화입니다.

제가 다니던 학과에는 금요일 새벽마다 칠 킬로미터를 달리는 과격한 전통이 있었습니다. 구보는 아직 어둑어둑할 때 남산 산책로 초입에 있는 국궁장 앞에서부터 시작되었습니다. 달리기에 앞서 남자아이들은 울타리 관목 뒤에서, 여자아이들은 국궁장에 딸린 화장실에서 체육복을 갈아입었습니다.

양변기가 두 칸, 세면대가 하나 있는 여자화장실은 여덟 명이 함께 들어가기에는 무척 좁았습니다. 문을 열면 밖에서 안이 훤히 들여다보이게 되는 까닭에, 여자아이들은 준비를 마친 사람을 한 명 한 명 세며 누군가 옷을 입는 도중에 문을 열어젖히는 일이 생기지 않도록 조심했습니다. 양변기 칸 두 개는 부끄러움을 많이 타던 두 친구의 몫이었습니다.

때는 2006년 초여름, 간밤에 내린 비 때문에 기분 나쁠 정도로 습한 어느 새벽이었습니다. 그날따라 집합 시간에 늦은 친구들이 여럿 있어서 더욱 바빴습니다. 평소처럼 둘은 각자 양변기 칸에 하나씩 들어갔고, 여섯은 세면대 앞에서 옷을 갈아입었습니다. 큰언니 노릇을 하던 S가 여자아이들을 재촉했습니다.

"얘들아, 빨리빨리! 서두르자! 준비 덜 된 사람 없지?"

"응!"

"하나, 둘, 셋, 넷, 다섯, 여섯, 일곱, 여덟!"

S가 여자아이들을 하나하나 확인하며 숫자를 세었습니다. 그때. 여덟을 모두 셈했는데도 어느 새 닫혀 있던 양변기 한 칸에서 딸깍, 하고 걸쇠 거는 소리가 났습니다.

분명 화장실에는 우리밖에 없었는데…….

이 구역의 백수건달은 나야

할 수만 있다면 머리털을 뽑아 분신을 두셋 정도 만들고 싶을 만큼 정신없이 보낸 해가 있었다. 나는 그 이유가 아홉수와 삼재三災의 콤비네이션 때문이었다고 생각한다. 그렇게 설명하면 마음이 편했다. 그 이론에 따르면 다음번에 아홉수와 삼재가 겹치는 여든아홉 살까지는 그만큼 고난스러운 해가 다시없을 테니까. 아홉수에 결혼이나 이사를 하면 액운이 끼고, 삼재가 든 삼 년간은 다치거나 아프거나 또는 굶주리는 일이 생긴다는데. 나는 이사도 하고 부서 이동도 했으며 다치고 아팠고 특히 잠에 굶주렸다.

마음이 어수선한 때 별것 아닌 물건에 의미를 부여해서 아끼는 경우가 흔히 있지 않은가. 시험 공부하는 사람을 예로 들면 합격한 사람이 쓰던 수험서나 필기구, 계급장, 2달러 지폐, 네잎 클로버 책갈피, 용하다는 점집에서 받아 온 부적 같은 것들. 나의 경우는 보라색 후드 집업 점퍼였다. 엄마가 지하철 역사 내 가판대에서 사다 준 만 원짜리였는데, 나는 채용시험 공부하던 동안 그 옷을 학원 갈 때도 입고 독서실 갈 때도 입고 운동 갈 때도 입고 가끔은 잘 때도 입었다. 그걸 입고 공부해서 합격했으니 나한텐 행운의 아이템이었다. 여하튼 승진시험 공부를 하기로 마음먹고 몇 년 만에 그 옷을 다시 꺼내 입으니 가슴이 뭉클했다.

후드 집업은 수험생활을 위해 만든 옷 같다. 안에 입은 티셔츠가 목이 늘어났든 고춧가루가 묻었든 커피 흘린 자국이 있든, 그 위에 걸쳐 입고 지퍼를 쭉 올리면 감쪽같다. 그런 다음에 모자를 뒤집어쓰면 며칠 안 감아서 기름진 머리까지 감출 수 있으니 아주 쓸모가 많은 옷이다. 여름이라고 못 입을 것도 아니었다. 에어컨이 빵빵한 독서실까지는 집에서 오십 미터만 걸으면 되었으니까.

당시 우리 아파트 정자에는 흡연구역이 있었는데 그 앞을 지나노라면 나만큼 이상한 차림새의 아저씨와 종종 마주쳤다. 아저씨는 까치집 같은 머리를 하고서 까만 운동복 상의 지퍼를 목까지 채우고 반바지에 슬리퍼를 신고 담배를 피우고 있었다. '저 아저씨도 삶이 녹록지 않은가 보구나. 해가 중천인데 동네를 어슬렁거리는 걸 보면. 일이 고단하고 승진이 힘들어도, 직업 가진 것에 감사해야겠다.' 이런 생각을 하며 그를 지나쳐 독서실로 향했다.

매미 우는 소리가 잠잠해져 갈 무렵, 아파트 반상회에 다녀온 엄마가 깔깔대며 내 방문을 열었다.

"야! 너 이제 그 보라색 옷 좀 그만 입고 버려라."

"갑자기 왜?"

"우리 라인에 항공기 조종사 아저씨 있는 거 알지?"

"아니, 몰라. 그런 사람이 있어?"

"담배 피울 때 너 가끔 마주친다던데."

"아, 그 아저씨가 항공기 조종사구나."

"그 집 아줌마가 묻더라, 너 지금 몇 년째 경찰 공부하는 거냐고. 소매 떨어지고 다 늘어난 옷 입고 다니는 거 보면 안쓰럽다고 아저씨가 그랬다는 거야. 옷 좀 사 주고 맛있는 것도 좀 해주라고. 요즘 취업 힘든데 너도 얼마나 속상할 거냐고."

친구들은 나를 이름으로 부르지

회사 생활을 하며 계급 빼고 직위 빼고 이름으로만 불린 기억이 많지 않다. 경찰 계급 열한 개 중에 오름차순으로 네 번째인 경위부터 시작해서다. 나는 '김 경위'이거나 '김 주임' 또는 '김 I•'였고, 승진하고부터는 '김 경감'이나 '김 계장' 아니면 '김 반장'이다. 나이가 많거나 계급이 높더라도 특별히 친하지 않고서 나를 '야'나 '너'나 '승혜야'의 조합으로 부른 사람은 드물다. 그렇다고는 해도 어디에나 예외가 있기 마련이니 내 친구이자 동료인 H와 L이 바로 그 예외라 하겠다.

경찰청에서 파출소로 소속을 옮길 때 나는 약간 의기소침해 있었다. 잠 못 자고 진상 밉상들과 싸우는 생활을 몇 년 만에 다시 하려니 걱정이 됐다.

파출소에 출근하니 같은 팀에 H 경장이라는 동갑내기가 있었다. H는 주짓수를 배운 지 꽤 오래되었고 얼마 전에는 난동을 부리던 조폭 똘마니를 조르고 꺾어서 제압한 적도 있다고 했다. 동갑에다 하루 열두 시간을 함께 지내면 이런저런 이야길 하며 친해질 법도 하지만 좀체 H 경장에게는 말을 붙이기가 쉽지 않았다. H가 같이 일하는 사람을 움찔하게 만들 때가 있다

●I는 Inspector(경위)를 이르는 말이다.

는 게 문제였다. 함께 순찰차를 타면 H 경장은 예고 없이 라디오 볼륨을 키워 사람을 놀라게 하거나 코를 골며 곯아떨어지기 일 쑤였다. 사무실에 들어오면 짬짬이 주짓수 시합 동영상을 보고 도복을 세탁해 자기 차 뚜껑에 널고…… 하여간 부지런했다.

그러기를 한 달쯤. 기동대 복무를 마치고 우리 팀에 전입해 온 사람이 있었으니, 바로 L 순경이었다. 듣자니 L도 나와 H와 같은 해에 태어났다는데 그도 낯을 가리는 성격이었던지라 셋 사이에는 어색한 기류가 감돌았다.

L 순경과는 오래지 않아 말을 틀 수 있었다. 우악스러운 나와 달리 L은 조곤조곤 사람을 달랠 줄 알았고 나는 그 재능을 높이 샀다. 그는 대학생 때부터 십 년 가까이 사귄 여자친구를 만나러 주말마다 지방에 내려간다고 했다. 대단한 정성이구나 싶은 한편, L처럼 무던한 사람이라면 그럴 만도 하다는 생각이 들었다. 그리고 그런 L조차 H가 순찰차에서 갑작스레 라디오 볼륨을 높이는 것에 나처럼 찔끔하는 모습을 보고 동질감을 느끼기도 했다.

답보 상태에 있던 세 명의 관계에 전환점이 된 것은 응급실에서 환자가 난동을 피운다는 신고였다. H 경장과 함께 병원에 도착한 참에 도보순찰 중이던 L 순경이 나타났다. 난동 부리는 환자를 제압하는 일은 흔히 있었지만 백지장도 맞들면 낫다고, 도보순찰의 자유로움을 포기하고 도와주러 온 L 덕분에 신고를 일찌감치 마무리할 수 있었다.

그런데 L은 우리와 함께 순찰차를 타는 대신 굳이 파출소로 걸어서 돌아가겠다고 우겼다. L이 왜 그러는지 알 것 같았다.

"H 경장, 좀 무섭죠?"

L은 움찔 놀라더니 "H 경장이 순찰차에서 라디오를 크게 듣는 게 나한테 뭔가 화가 나서 그런 건지……." 하고는 말을 그쳤다. H와 술자리를 한 번 같이 하는 게 어떠냐고 L에게 제안했다. (나는 알코올이 사람들 사이에서 어떤 역할을 하는지 오래도록 보아온 터였다.) L이 반색하며 그러자고 했다.

그리하여 파출소에서 일한 지 두 달 만에 H 경장과 L 순경과 함께 술을 마시게 되었다. 테이블에 자리를 잡고 "우리가 오늘 이 자리를 만든 이유는 네가 왜 순찰차에서 갑작스레 라디오 볼륨을 높여서 우리를 놀라게 만드는지 궁금해서다!" 하고 선 포했더니 H의 눈빛이 흔들렸다. "내, 내가, 내가?" "그래. 네가 그러잖아!" "아니야, 일부러 그러는 거 아니야. 라디오가 듣고 싶어서 그런 거야." "아니긴 뭐가 아니야. 너는 우리를 겁주려고 일부러 그러는 거야!" "아니라니까. 그냥 라디오 듣는 걸 좋아해서……."

듣고 보니 낯가림을 하는 H가 순찰차 안의 어색한 분위기를 못 견뎌서 라디오를 켜는 듯했다.

이야기는 자연스럽게 밥벌이의 고충, 망한 연애담, 꼬질꼬질하고 사소한 인생사로 흘러갔다. 술자리가 끝날 무렵에 나는 "나만 구질구질하게 사는 것 같다."며 울었고, 경제적이고 신속하게 술에 취하기 위해 안경을 벗고 나온 L은 길을 잃었으며, H는 '사랑이 온 인류를 구원한다!'는 대책 없는 금사빠● 라는 사실이 밝혀졌다.

한 번 회포를 풀고 나니 친해지는 것은 순식간이었다. 아침이면 잼 바른 빵과 커피를 사다 순찰차에서 나눠먹고 저녁에는 관내 맛집을 찾아다니며 대폿술을 마셨다. 팀원 여섯 중에 세 명이 동갑인 팀은 P 파출소에서 전무후무했을 것이다. 힘을 쓰는 데에는 무서움이 없던 H와 달래고 설득하기의 달인인 L과 으르고 옥박지르는 것이 특기인 내가 역할을 하나씩 맡으면 힘든 일도 덜 힘들이고 해낼 수 있었다.

일 년이 채 안 되는 시간 동안 우리는 서로를 "야" "너" "인마" 등으로 부르며 서로의 실연과 설사병과 실수를 놀리고 잠들 수 없는 밤과 숙취와 일의 고달픔을 공유하며 어울려 지냈다. 그리고 그해에 L은 순경에서 경장으로 승진했다.

제일 먼저 파출소를 떠난 사람은 H였다. H는 기회가 되면 형사과에서 일해 보고 싶다고 입이 닳도록 이야기해 왔는데 마침 정기인사 때 빈자리가 생겼다. 강력팀에 자리 잡은 H는 메신저 프로필 사진을 영화 〈와일드카드〉의 한 장면으로 설정하고 대화명마저 '나는 대한민국 형사다' 하는 낯간지러운 멘트로 바꿨

● 금사빠는 '금방 사랑에 빠지는 사람'을 줄여 이르는 말이다.

다. 그리고 얼마 지나지 않아 L도 수사과로 떠났다. L은 "범죄자 중에서도 사기꾼이 제일 악질인 것 같아. 내가 혼쭐을 내주지." 라며 기세등등하게 이야기하고 가서는 경제범죄수사팀에 책상을 얻었다. 사람들 이야기를 들어보면 H도 L도 성실히 맡은 몫의 일을 잘해 나가고 있는 듯했다. 경찰서에 들러서 만나면 L이 "야, 죽겠다. 진짜." 하거나 H가 한동안 끊었던 담배를 다시 피게 된 일은 따로 치더라도. 그리고 마지막으로 내가 승진하고 이웃 경찰서로 발령받아 파출소를 떠났다.

그러고는 각자 먹고살기에 바빠 한동안 못 만났는데 L이 청첩장을 돌리겠다며 모임을 소집했다. 오랫동안의 장거리 연애를 마치고 결혼을 하게 되었다고, L이 사는 도시에 집을 구하고 여자친구는 그곳에서 새 직장을 얻기로 정했다고 했다. L은 진즉에 여자친구가 사는 지역으로 전출신청을 해 두었지만 언제쯤에나 순번이 올지 기약이 없어서 채용시험을 다시 치는 일까지 고민하고 있던 터라, 이후로는 결혼 준비가 속전속결로 진행되었단다. 타향에서 근무하는 동안 고향의 연인과 헤어지게 되는 경우가 드물지 않은데 L과 여자친구도 얼마나 마음고생이 많았을지.

만나기로 한 날, H는 종이상자가 담긴 쇼핑백을 들고 식당에 나타났다. 나한테 주는 선물이라기에 받아들고 포장을 풀었더니 만년필이 들어 있었다.

"고심해서 고른 거야. 너 사무실에서 결재할 일 있을 거 아니야. 그럴 때 쓰라고. 그런데 나중에라도 우리 과장으로는 오지 마라. 형사가 얼마나 힘든데. 하고 싶다고 해도 서장님이 안 시켜줄걸?"

그러자 L도 H의 말을 거들었다.

"그래, 우리 과장으로도 오지 마. 수사도 힘들어."

"야, 웃겨. 그래도 셋이 또 같이 근무하면 재밌겠지? 안 그러냐?"

H는 형사로 일하면서도 주짓수를 수련하고 연애를 하며 여기저기 여행 다니고 맛있는 것을 먹느라 여전히 부지런하다. L은 골치 아픈 사건이 배당되면 변호사인 아내랑 같이 법리검토를 한다는데 짠하기도 하고 좀 부럽기도 하다. H가 선물한 만년필은 손에 편히 잡히고 부드럽게 잘 써져서 서명할 일이 있을 때면 연필꽂이에서 선발투수로 나온다.

같은 곳에서 근무할 날이 다시 있을지는 모르겠지만 H와 L과 함께 어울려 지낸 시절은 못 잊을 거다. 그 친구들이 나한테 그랬던 만큼 나도 그들에게 의지가 되고 도움이 되는 사람이었더라면 좋겠는데. 아, 당연히 그랬겠지……. 그렇지 않았으면 지금껏 나랑 친구로 지내지 않았겠지.

만남과 이별은 반복되겠지요

순직 경찰관은 2013년에 21명, 2014년에 17명, 2015년에 16명, 2016년에 15명, 2017년에 11명. 2018년에는 7월 들어서 1명.

경북 영양경찰서 故 김선현 경감에 대한 비보를 들은 때는 7월 8일 정오께였다. 나는 마침 상황실에서 당직 근무 중이었다. 고인은 신고받고 출동한 현장에서 흉기에 목을 찔려 순직했다. 웅성거림, 탄식, 그리고 이어지는 무거운 침묵. 상황실의 소란스럽던 무전도 일순간 그쳤다. 상황팀장님은 무전기를 들어 올려 입 가까이 대고 무어라 말하려다 새어나오는 한숨을 못 이기고 다시 내려놓았다.

고인은 준비되지 않은 때에 작별인사 한마디 못 하고 눈을 감았다. 어느 경찰관이든 제 몫의 위험을 안고 있으나 오늘 우리 몫의 위험은 그가 모두 거두어 짊어지고 떠났다. 그가 '이제는 돌아갈 수 없다.' 하고 생각한 것은 어느 순간이었을까. 다시 못 만날 사람들에게는 어떤 당부를 하고 싶었을까.

경찰 친구 하나가 이런 이야기를 한 적이 있다. 우리가 하는 일은 종이 날 위에 서 있는 거나 매한가지라고. 칼날만치의 두

께도 안 된다고. 발밑이 허물어져 버릴까 봐 매 순간 두렵다고. 내가 딛고 있는 것이 여차하면 내 발을 베어 버릴 거라고. 세상을 떠날 때 한 마디 남길 수 있는 순간도 하늘이 보우하셔야만 주어질 것이라고.

살인사건 현장에 출동했던 동료들이 문득 생각났다. 피해자의 가슴에 칼을 내리찍고 있던 범인을 겨누고 테이저건을 쏘아 제압했던 이들. 긴박한 상황에 목표물을 조준하고 전극침 두 개를 명중시켜 쓰러질 때까지 방아쇠를 당기는 쉽지 않은 일을, 그들은 성공적으로 해냈었다. 그러나 다음날 피해자의 가족과 기자들이 사무실에 들이닥쳐 '만약에', '혹시', '왜' 같은 단어들로 그들을 후려갈겼다. 한바탕 풍파가 지나고 나자 출동한 두 사람 중 하나가 이렇게 말했다.

"차라리 칼에 찔려서 내가 죽……었으면 욕을 안 먹었겠지?"

"부장님, 그런 말씀은 하지도 마세요. 다들 모르고 하는 이야기에요."

나는 마지막 말은 속으로 삼켰었다.

'어차피 생살여탈권은 우리 손에 없어요. 그런 때가 오려면 언제든 와요.'

2018년 7월 10일. 故 김선현 경감의 영결식을 사무실에서 인터넷 중계로 함께했다. 고인과 함께 근무하던 동료가 송별사를 낭독했다.

"만남과 이별은 반복되겠지요."

세상을 떠난 이들은 숫자로 셀 일이 아니라 이름으로 불려야
마땅하다. 만남과 이별은 계속될 것이다. 차마 못 부르고 눈물
로만 나올 이름도 해마다 늘어갈 것이다.

화장실 변기에 앉아

오후 두 시 반. 점심을 먹고 이 시간쯤 되면 꼭 화장실에 가고 싶어진다. 화장실 문을 열자 느지막이 양치를 하는 사람이 있었다. "음흠와에어." 입 안 가득 치약 거품을 물고 있던 아래층 여직원이 인사를 했다. "네, 안녕하세요." 나는 양변기 칸 둘 중 하나에 들어가 자리 잡고 앉아서 가만히 기다렸다. 기대와 다르게 양치를 끝낸 그녀는 내 옆 칸에 들어가 변기 뚜껑을 올렸고, 용건을 마치고 나가며 문을 닫는 소리를 듣고서야 나는 폭탄을 투하하기 시작했다.

우리 경찰서의 2층짜리 별관 건물 1층에는 여자화장실이 없다. 2층에는 남녀화장실이 구분되어 있지만 1층에는 남자화장실만 한구석에 있다. 원래 이 건물은 교통관제센터로 지어져 오랫동안 기계실로 쓰였다고 한다. 직원이 많이 늘어난 지금에 와서는 노는 공간 한 군데 없이 사무실로 쓰이고 있지만. 30년 전에 논두렁, 밭두렁을 마주 보고 지어진 우리 경찰서는 이제 34층짜리 아파트 그늘 아래서 몇 년째 "올해야말로 꼭 청사 이전의 숙원을 달성하겠노라."며 새해를 맞이하고 있다. 그렇기에 어느 사무실에서 뭐가 부서지고 떨어지고 금이 가더라도 "어차피 새로 지을 건데 뭘 돈 들여 고치고 새로 사느냐."고들 한다. 그러니 별관 1층에 여자화장실을 새로 마련해 주거나 2층 화장실에 변기라도 한 칸 더 생길 일은 언감생심이지.

차라리 별관은 형편이 낫다. 본관 1층에는 남자화장실을 반으로 갈라 벽을 세운 뒤 문을 달아 주었고(두 명이 들어서면 꽉 찬다), 2층에는 남자화장실과 여자화장실이 출입문을 같이 쓰고 있으며(요즘 세상에 남녀 공용에다 나무로 된 카우보이 도어를 출입문으로 쓰는 화장실이 있다니!), 3층은 방범순찰대와 기동타격대 의경들이 지내는 곳이라 남자화장실만 있고, 4층에 가 봐야 2층과 마찬가지로 생긴 화장실이 또 있다. 내 책상이 별관에 있어 망정이지, 본관 건물에서 일했더라면 나는 커피도, 차도, 물도, 사이다도 맘대로 못 마시고 만성 탈수에 시달려야 했으리라.

그래서 본관 2층 상황실에서 밤을 보내야 하는 당직 날마다 화장실 가는 일이 고역이다. 세 시간마다 경찰서 곳곳을 순찰하게 되어 있는데 그 김에 화장실에 가려고 머리를 굴린다. 아무래도 문짝조차 제대로 달려 있지 않은 2층 화장실에서는 방귀도 맘대로 못 뀌겠고, 1층 화장실을 쓸래도 번번이 현관 출입문 비밀번호를 누르고 드나들기가 번거로우니.

우리나라 여자 경찰관의 역사는 미군정 시대로 거슬러 올라간다고 한다. 대체 그들이 용변을 어디서 어떻게 해결했는지 궁금하지만, 알고 나면 가엾음에 눈물이 날 것 같아서 아무한테도 물어본 적은 없다.

그러고 보니 1972년에 지어진 모 경찰서는 아직도 한 층에는 남자화장실만, 다른 층에는 여자화장실만 있다는 이야길 듣고 경악한 일이 있다. 그 경찰서는 강력 3개 팀이 컨테이너 박스를 사무실로 쓰고 있는데 그곳을 배경으로 한 영화가 개봉한 덕에 유명해졌다. 연일 폭염주의보가 발령되었던 지난여름에 그 사무실 사람들이 어떻게 지냈을지 상상하면 눈가에 흐르는 게 땀인지 눈물인지 모르겠다.

얼마 전 신임 경찰청장이 취임하면서 '경찰 조직에서 바뀌어야 할 것'에 대한 의견을 취합했다. 나는 '컨테이너 박스 사무실'과 '여경女警'이라는 호칭을 꼽았다. 컨테이너 박스 사무실은 위에 언급한 1972년에 지어진 경찰서가 세 개, 1984년에 지어진 우리 경찰서가 한 개를 가지고 있으니 역사가 그 정도 오래된 다른 경찰서들도 그만큼씩 가지고 있겠지. 그리고 그 안에서 경찰관들이 혹서와 혹한을 견디고 있을 테지. 그러나 시간과 예산이 주어진다면 컨테이너 박스 사무실은 사라지게 되리라. 예전 경찰 선배들의 '당비당비당당당●' 같은 '전설은 아니고 레전드급'이었던 근무 형태가 그랬듯이.

'여경'이라는 호칭의 문제는 이렇다. 나는 '여경'이라고 불릴 때마다, 누군가를 '여경'이라고 부를 때마다 편치 않은 느낌이

● 여기서 '당'은 오전 9시부터 다음 날 9시까지 근무하는 '당직' 근무를 의미한다.

든다. 남자경찰관을 '남경'이라고 부르는 일이 흔하지 않은 탓이다. 요컨대 '경찰관'을 칭할 때는 남자경찰관이라는 의미가 기본값인 셈이다. 동료 경찰에게 '여경'이라고 불리는 기분은 더욱 묘하다. 누군가가 다른 사람을 부를 때 "이봐, 사람과의 영장류인 호모 사피엔스!" 하는 거나 비슷하지 않을까.

어느 해에는 여직원이 없던 강력팀의 사건을 도운 적이 몇 번 있었다. 사건 해결을 축하하는 회식에서 다음번 인사 때 강력팀에 지원하겠다고 했더니 어느 분이 "일 도와줘서 고맙긴 한데, 나는 여경 안 받아. 네가 들어오면 내가 나갈 거다."라고 엄포를 놓았었다. "몸 쓰는 일 힘들어할까 봐요? 제가 보기엔 허술해도 어렸을 때는 태권도를 배웠고 커서는 유도랑 검도를 배웠거든요. 대학교 때 과 유도대회에서 우승해서 '유도왕' 타이틀도 있는데……"라고 해 봤자 소용이 없었다. 여자인 것이 형사로서의 결격사유가 된다니? '여자라서'보다 오히려 정치적이거나 실리적인 이유를 들었더라면 납득하기 쉬웠을지 모른다.

같은 화장실을 쓰는 여자끼리도 남자끼리도 얼마나 각양각색입니까. 칭찬도 타박도 각자의 몫이지요. 제가 업어치기를 잘하는 건 요령 좋고 잘났기 때문이고요, 돈 계산에 밝지 못한 건 모자라서이기 때문입니다. '여자라서'가 아니고요. 그러니 경찰관과 '여경'을 나누지 마세요.

이런 두서없는 생각을 하며 사무실로 돌아왔더니 "화장실에 그렇게 오래 있으면 치질 걸려요." 하는 목소리가 나를 맞았다.

W 오빠에게

오빠, 시간이 참 빨라요.

그 일 있은 지도 벌써 사 년이나 되었네요.

지내시기는 어때요?

저는 이것저것 많았어요. 크고 작은 일들. 여기저기로 자리를 옮긴다거나 같이 근무하다 헤어지고 다시 만나고 하는 일이야 우리 회사에서는 흔해서 새롭지도 않으실 테니 그런 얘긴 안 할게요.

얼마 전에 어디 교육을 갔었는데요. 오빠랑 친하던 A 주임 있 잖아요. 그 A 주임을 안다는 사람이 왔더라고요. 그 사람한테 오빠 이름을 얘기했더니 들어본 적 있대요.

어느 날 밤에 갑자기 A 주임이 전화를 해서는 막 울었대요. 우리 W 어떡하냐고. 걔 왜 그랬냐고. 그때 들어서 안대요, 오빠 이름을.

참 마음이 아파요. 오빠가 그 일로만 기억된다는 게. 잘 아는 사람들은 오빠를 다정하고 성실한 사람으로 기억하는데.

오빠가 무슨 마음으로 그러셨는지 모르겠어요. 함부로 추측 하는 사람들이 너무 많았지만 우리는 지금껏 모르는 채로 지내

고 있어요. 이유를 안다고 해도 납득할 수 있을 것 같지도 않아
서……

　오빠 페이스북 계정이 아직 남아 있더라고요. 종종 들어가
보거든요. 거기 글을 보면 오빠는 이제, 보고 싶은 사람이거나
꿈속에 나오는 사람이 된 것 같아요. 때로는 둘 다고. 그중에는
볼 때마다 눈물이 나는 메시지도 있는데……
　"꿈에 형이 나왔네. 보고 싶다. 형님 잘 계시죠?"
　반말에 존댓말에 엉터리 같은 글이지만 딱 무슨 마음인지 알
겠어요.

　얼마 전에 드라마가 하나 있었는데 그 배경이 오빠 일하던 곳
이래요. 재밌게 잘 만들었다고들 하고, 작가랑 배우들이 명예경
찰이 됐나 감사패를 받았나 뭐 그렇대요. 근데 저는 그 드라마
를 못 보겠더라고요. 궁금하기는 한데, 못 보겠어요. 그걸 보면
상상하게 될까봐요. '여긴가? 여기일까? 아님 여기?' 하고 자꾸
눈으로 찾게 될까 봐요.

　그 일 있던 날, 사람들이 빈소에서 기다리고 있었거든요. 근
데 밤이 됐는데도 오빠가 오시지를 않더라고요. 늦어진다고, 더
늦어질 거라고만 다들 이야기하고. 알고 보니 검시로 끝날 줄
알았는데 부검을 하게 돼서 그렇다고 하더라고요. 그렇게 기다
리던 사람들을 다 오열하게 만든 게…… 오빠 아버지가 기어코

현장에 가셨다는 거예요. 내 아들 죽은 자리 봐야겠다고.

오빠 아버지도 경찰관이셨잖아요. 오빠 아버지는 당신을 본받아 경찰관이 된 아들을 무척 자랑스러워하셨다면서요. 그런데 왜 그랬어요……. 아니, 오빠는 왜 경찰이 돼서, 왜 그렇게 힘들고, 왜 경찰이 돼서 힘들다가 그렇게까지 했어요.

오빠. 그 일 있기 반년 전에 이런 글을 올리셨던데요. "출근길인데 기분이 좋다. 역시 천직인 것 같다." 천직이라……. 건강하고 재미나게 일하다가 정년퇴직할 때나 쓰는 말인 줄 알았는데. 하늘이 정해 준 직업이라서 일하다 보면 하늘이 불러들이기도 한다는 의미였네요. 오빠한테는.

저는 경찰이 천직이라는 이야기는 안 하렵니다. 내 생을 이 직에 내놓는다는 이야기가 되고 만다면 남아 있는 사람들이 마음 아플 테니까.

오빠. 이 세상을 떠나기로 마음먹은 건 세상에 혼자뿐인 기분이 들어서였어요? 아닌데. 절대 혼자가 아니었다는 걸 남은 우리는 너무나 잘 알고 있는데.

부디 지금 계신 곳에서는 여기에서보다 더 행복하게 지내세요. 별거 없는 직장이고 멋지지도 않은 직업인데 좋다고 하는 이상한 사람들 많다고, 우리 흉 많이 보면서. 부디 재미나고 행복하게 지내세요.

그러다가 이쪽 소식 궁금해지면 돌아오세요. 그때는 경찰 하

지 말아요. 경찰, 같은, 거, 하지 말고, 더, 행복, 하고, 더, 즐겁,
게, 살아요. 아름, 다, 운, 것만, 보고, 향, 기로운, 것, 만, 만지고.
세상에, 우리, 가, 모르, 는, 곱, 고, 다, 정, 한, 일이, 얼마나, 많,
을, 거예, 요······.

거짓말 권하는 사회

　　나는 타고난 거짓말쟁이라기보다는 후천적으로 거짓말에 능해진 쪽이다. 전에는 거짓말할 때 특유의 말투와 표정(나만 모르고 다들 안다고 하더라) 때문에 쉽게 들키곤 했었는데, 이제는 등급을 매긴다면 1급은 못 돼도 2급 거짓말쟁이 정도는 되겠지 싶다. 양심을 논할 정도의 중대한 사안이 아니라면 유쾌하지 않은 상황을 피할 때도 거짓말은 아주 유용하다.

　　우리 사무실은 별관에 있고 민원인 출입이 잦아서 출입자 통제를 하려야 할 수가 없다. 그래서 명함이나 도장 업자, 신용카드 발급 모집원, 보험이나 상조회사 영업사원의 주 타깃이 된다. 다들 개인정보가 그득한 사건서류를 책상에 펼쳐놓고 일하기에 낯선 사람이 오면 신경이 쓰이지만 밥 벌어먹는 일의 고단함을 잘 알아서 모진 말로 내쫓지는 않는다.

　　"저희가 곧 회의를 할 거라서요."
　　"지금 인사철이 아니라 새로 뭘 맞출 사람이 없네요."
　　그런 이야기에 아랑곳하지 않고 사무실 제일 구석진 곳에 있는 내 자리까지 와서 뭔가를 권유하는 이도 종종 있는데 최근에는 연금보험을 홍보하러 온 사람이었다.

"팀장님."

(나는 팀장이 아닌데. 문패 정도는 보고 오시지. 여긴 팀이 아니라 '계'거든요.)

"팀장님이 나중에 퇴직하실 때쯤이면 자녀들한테 기댈 수만은 없어요. 지금부터 준비하셔야 됩니다. 이번에 특판 상품이 나왔는데요. 남편분이 노후 준비는 잘하고 계시나요?"

(저는 애도 남편도 없는데요. 노후 준비로는 목 디스크 치료를 열심히 받고 있습니다만.)

"아, 미혼이세요? 그러면 더더욱 저희 상품 가입하셔야 해요. 요즘 혼수로 연금보험 하나쯤은 다들 하시니까요."

(연금보험 가입 안 하고 결혼한 내 친구들은 구박 안 받고 잘 살고 있…… 없……을까요?)

그들이 계속 이야기하게 둔다면 내가 이혼했거나 남편과 사별했거나 비혼주의자인 경우를 상정한 시나리오를 연달아 들을 수 있었겠지. 하지만 급하게 검토하던 서류가 있어서 방해받고 싶지 않았다. 어떻게 잘 거절할 수 있을까 생각하며 그들을 언뜻 쳐다보았는데 머리를 거치지 않은 말이 입 밖으로 튀어나왔다.

"저는 경제권이 전혀 없어요. 남편이 금융 쪽 일을 해서 다 맡겨 놓거든요."

"그러세요? 혹시 바깥분 회사가 어느……."

"저희 남편도 보험 팔아요."

"네……. 그러시구나……."

그들이 떠나자 직원 한 사람이 킥킥대며 내게 다가왔다.

"계장님, 언제 금융업계에 일하는 남편이 생겼어요? 까맣게 몰랐네."

눈치 없는 사람, 불편한 이야길 계속하는 사람한테 '이제 그만하세요' 정도의 메시지가 되는 거짓말 한두 마디 하는 것쯤은 죄가 되더라도 큰 죄는 안 되리라. 미리 이야기하지 않고 출장을 가서 일주일 치 녹즙을 죄다 폐기처분하게 만들었다며 불같이 화를 내던 녹즙 아주머니한테 "제가 알고 보니 당근 알러지가 있더라고요." 하고 녹즙 먹기를 그만둔 것(내 옆자리 사람한테라도 줬더라면 좋았을 텐데), 새파랗게 젊은 년이 뭘 알기나 하고 수사한답시고 설치냐던 피의자에게 "제가 이 짓이 십삼 년째고 애를 셋 키우는데요(믿거나 말거나)." 한 것, 내가 자꾸 이른 시간에 퇴근한다는 첩보를 입수하고 감찰담당이 사무실에 쳐들어온 이야기를 나중에야 듣고 "제가 대학원 다니며 연구하려는 주제가 바로 '감찰 활동이 조직원의 사기 저하에 미치는 영향'입니다(일주일에 한 번, 두 시간씩 외출을 결재받고 공부하러 다닌 게 그렇게도 못마땅했나)." 하고 허풍 떤 것 정도로는 아무도 다치지 않는단 말이다.

　누가 이렇게 거짓말을 권했는가? 이 사회란 것이 내게 거짓말을 권했다오. 아아, 답답해! 이 몹쓸 사회가 왜 거짓말을 권하는고!
　이왕 하는 김에 잘 연마해서 1급 거짓말쟁이가 되어 보련다.

내 감동 돌려줘

"제가 출퇴근할 때 큰 다리를 두 개 건너서 오는데요."

아, 그래.

"그 다리 직전 교차로에서 차가 엄청 막혀요. 거기서 아침마다 모범 운전자 할아버지들이 교통봉사를 하시거든요?"

그래서?

"진짜 멋있어요, 그분들. 존경스러울 정도에요. 저는 차에 타고 있으면서도 거길 지날 때면 심장이 두근두근해요. 차도 많은데다 그 근처만 이상하게 차로가 좁은 느낌이거든요. 게다가 사거리라서 차가 말 그대로 사방에서 와요. 그런데 그분들은 그 흐름 속에 완전히 녹아 있어요. 뭐랄까. '교통의 신' 같다고나 할까? 호루라기 불면서 수신호 하시는 것도 박력 있고. 딱! 이렇게요. 노란불에도 그분들이 수신호를 하면 차들이 꼼짝없이 멈춰요. 춥고 덥고 눈비 오는 날에도 교통정리 하시는 걸 보면 가끔은 눈물이 난다니까요."

됐고. 그게 무슨 의미인 줄 몰라? 네가 그만큼 출근을 늦게 한다는 거야. 게을러가지고는!

다모실 기담

발령받은 첫날, 경찰서를 돌며 인사를 마치고 오니 여자 부장님이 열쇠 하나를 건네주었다. 그리고는 별다른 설명 없이 자신을 따라오라고 하기에 영문도 모르고 뒤쫓아 갔다. 별관을 나서서 본관을 지나치고 주차장을 가로질러 경찰서 마당 귀퉁이에 도착하자 기와를 얹은 일층 집 한 채가 떡하니 자리 잡고 있었다. 색이 바랜 담장을 두르고 녹슨 철문까지 달린 집은 뜬금없고 생경한 풍경이었다. 철문 안에는 작은 마당이 딸린 집이 있었다. 제멋대로 자란 나무 두 그루가 스산함을 더했다. 무거운 현관문을 당겨 열자 하수구 냄새가 물씬 풍겼다.

"여기가 여직원 휴게실이에요. '다모실茶母室'이라고 불러요."

방 세 개에 부엌과 욕실이 딸린 평범한 구조였다. 거실 너비에 비해 조명이 너무 작아서 어두침침했다. 어둠에 익숙해지자 거실에 놓인 텔레비전과 일인용 소파 두 개와 이층 침대와 화장대가 눈에 들어왔다. 큰방은 여직원들이 옷과 신발을 넣어두는 라커로 꽉 차 있었다. 작은방 하나에는 이불장, 다른 방에는 침대 말고는 아무것도 없어서 썰렁했다. "춥고 더우면 하수구 냄새가 심해요. 욕실 문을 꽉 닫아야 해요." 불을 켜고 문을 열었더니 주황색 알전구 아래에 변기와 세면대와 샤워기, 별다를 것 없는데도 을씨년스러운 느낌을 주는 풍경이 눈에 들어왔다. 배우 하정우가 연쇄살인범으로 등장하는 영화의 한 장면이 떠올랐다.

첫 당직의 밤은 사무실에서 꼴딱 지샜다. 같은 경찰서에 일하던 친구가 한 말 때문이었다.

"다모실 있잖아. 거기가 옛날에는 서장님 관사였대. 그런데 언젠가 거기서 서장님네 사모님이 목을 매고 자살했다는 거야. 그 뒤로 아파트를 얻어서 관사를 옮기고 때마침 그 집이 비니까 여직원 당직실로 쓰라고 줬다더라."

그 이야기를 듣고 나니 도저히 다모실로 걸음이 떨어지지 않았다. 사무실에서 의자를 젖히고 누워 쑤시는 허리를 부여잡고 자다가 깨기를 반복할지언정.

두 번째 당직 날은 마침 여직원 한 명이 함께 근무를 하게 되었기에 다모실에 가 보기로 결심했다. 삐걱대는 사무실 의자에서 또 밤을 지낼 엄두가 안 나기도 했고 사모님 귀신이 나타나더라도 두 사람이면 물리칠 수 있으려니 싶어서 용기가 생겼다. 혹시나 잠든 직원의 숨소리에 다른 사람(이려나)의 목소리가 섞이지나 않는지 살필 수 있도록, 혹시나 예기치 못하게 누군가를(무엇인가를) 마주치게 된다면 재빨리 도움을 청할 수 있도록 방문을 살짝 열어 두고 작은방에 누웠다.

그 밤엔 아무 일도 일어나지 않았고 아무도 나타나지 않았으며 성가신 하수구 냄새 말고 잠을 방해하는 건 아무것도 없었다.

한 달에 두세 번씩 꼬박꼬박 2년 가까이 다모실에서 밤을 지내고서 나는 목을 맸다는 사모님의 혼이 천당에서 편히 쉬고 있을 거라는 결론을 내렸다.

불현듯 매운 음식이 먹고 싶은 날이 있듯이 어느 밤에는 무서운 이야기가 듣고 싶어지는 때도 있지 않은가. 당직하던 어느 날 긴 밤에 읽으려고 가져온 공포 소설에는 물귀신이 등장했다. 책을 빌려준 이는 "무언가가 발목을 붙잡은 듯이 책에서 손을 뗄 수 없었다."고 했다. 줄거리가 아주 치밀하지는 않았지만 책장이 술술 넘어갔다. 하지만 스산한 다모실에 들어갈 생각을 하니 좀 무서워져서 '수도꼭지에 비친 여자의 형상'이 나오는 대목에서 책을 덮었다.

다모실에는 아무도 없었다. 으스스해서 서둘러 씻고 양치를 했다. 휴게시간이 되었는데도 함께 당직인 행정관님이 오시지 않기에 거실 전등 스위치를 찾기 쉽도록 부엌에 불을 켜 두고 작은방 침대에 누웠다. 누가 경찰서 마당에다 관사를 둘 생각을 했을까. 서장님은 퇴근하고 관사에 와도 쉬는 기분이 아니었겠지. 사모님도 장 보고서 까만 봉다리 들고 들어오기 남우세스러웠겠고. 지금 같은 계절이면 붕어빵도 서너 봉지는 사야 정문에 입초 서는 의경 애들한테도 나눠줄 텐데……

문득 잠에서 깬 것은 두런두런 이야기하는 소리가 들려와서였다. 목소리는 한 사람인가 싶다가 두 사람인 것도 같았다. 웅웅거려서 무슨 내용인지 알아들을 수 없었다. 한 뼘 남짓 열어두었던 방문이 닫혀 있었다. 처음엔 뭔가를 의논하는가 싶더니 나중에는 한 사람이 다른 사람을 달래는 듯했다. 긴히 하는 이야기를 엿들어서는 안 될 것 같아 도로 자려는데 배수구로 물 흘러가는 소리가 들렸다. 쪼로록 쪼로로록 쪼로로로록.

아. 물이 새는데. 수도꼭지를 잠가야 하는데. 이야기하느라 모르시나 보다. 할 수 없지……

설핏 잠이 들었다가 다시 깼다. 말소리도 물소리도 그쳐서 고요했다.

일곱 시에 맞춰 둔 알람이 울려서 눈을 떴다. 어느새 방문이 다시 열려 있었다. 거실의 이층침대에는 아무도 없었다. 부엌 전등도 켜진 채였고, 모든 게 지난 밤 내가 다모실에 들어왔을 때의 상태 그대로였다. 누군가 머물다 간 흔적은 아무데도 없었다. 세수를 하러 욕실로 갔더니 세면대가 말라 있었다. 이상하다. 분명히 한참 물 흐르는 소리를 들었는데.

식당에서 마주친 행정관님은 간밤에 다모실엔 들르지 않고 집에서 자고 왔다고 하셨다.

"예? 진짜요? 밤에 누가 왔었는데……"

"글쎄요. 전 잘 모르겠네요."

(뭐야? 무서워! 누구야! 뭐야! 어떻게 된 거야? 꿈인가? 뭐지? 뭐지?)

같은 사무실의 고참 부장님께 '다모실에서 자살한 사모님'에 대해서 알고 계시냐 했더니, 그 이야기는 잘 모르겠지만 경찰서 5층 옥상에서 목을 맨 직원 이야기는 들어본 적이 있다고 하셨다.

(뭐라고요? 맙소사! 그건 또 무슨 이야기죠?!)

아, 정말 무섭다. 하수구 냄새 안 나고 귀신 안 붙은 건물에서 쉬고 싶다!

하지만 내 소원이 이루어질 날은 아득해 보인다. 지어진 지 사십 년 좀 덜 된 우리 경찰서는 부수고 새로 짓는다, 부지를 선정한다, 신축 예정지 인근의 주민들이 반대한다, 행정안전부와 기획재정부와 시가 합의안 도출을 못 했다 어쩐다 하더니 지난달에 난데없이 벽화를 새로 칠했다.

조만간에 벽을 부술 일은 없다는 의미인 것 같다. 다모실도 마찬가지겠지. 아마 몇 년은 더 귀신과 함께 밤을 지내야 하려나 보다.

바로 내가 경찰관, 진짜 경찰관

"처음에 들어오시는 모습 보고 '저 분은 어느 기관에서 오셨나?' 했는데, 회의 때 말씀하시는 걸 들으니까 '경찰서에서 오신 분이구나. 진짜 경찰 같다.'는 생각이 들더라고요."

"아, 네. 뭐, 저, 〈시그널〉의 김혜수나 〈라이브〉의 정유미 같은 그런 이미지인가요? 제가?"

"네? 아, 하하……. 하하하……."

아닌가요? 그럼 어떤 이미지가 '진짜 경찰'이지……. '진짜 경찰'을 저 말고 어디서 누굴 또 보셨어요? 제가 진짜 경찰이긴 한데요.

경찰관의 드레스 코드

어떤 걸그룹의 멤버가 '인간 샤넬'이라는 별명을 얻었다고 한다. 애당초 브랜드명이 코코 샤넬의 이름에서 비롯되었으니 묘한 느낌이 적잖이 있지만 뉘앙스는 이해가 된다. 그런 맥락에서 나는 '인간 링클 프리'쯤은 되겠다.

회사원이 되고서 차림새 때문에 지적받은 적이 세 번 있다. 제일 오래된 일은 지구대에서 일할 때 같은 팀 직원이 내가 차고 있던 은팔찌를 보고 "무슨 경찰이 그런 화려한 장신구를 하고 있느냐?"고 했던 일. "엄마가 그러는데 편두통 있는 사람은 몸에 은붙이를 지니고 있으면 좋대요." 하는 이야기를 구구절절 하기도 뭣해서 가만히 팔찌를 풀어 주머니에 넣었다.

두 번째는 경찰서에 치마레깅스를 입고 출근했다가 팀장님한테 된통 혼났던 일. 당시에는 치마레깅스가 아주 힙하고 핫한 아이템이었다. 팀장님은 어처구니없다는 표정으로 "너 그따위 옷을 입고 어떻게 감히 출근할 생각을 했냐?"고 하셨다. 당황하고 민망해서 하루 종일 자리에서 벗어나지 않았었다.

세 번째는 비비크림을 바르고 눈썹만 그리고 출근한 날 "너

화장 정말 못한다. 볼터치도 좀 칠해 봐." 하는 이야길 들은 일. '십 년쯤 화장을 하다 보면 해야 할 날과 하지 않아도 되는 날, 하고 싶은 날과 하고 싶지 않은 날을 스스로 알게 됩니다.' 하고 대꾸는 차마 못 하고 가만히 있었다.

대체 경찰공무원 복무규정 제5조의 '경찰 공무원으로서의 품위를 유지할 수 있을 단정한 용모와 복장'이란 뭘까? 은팔찌와 치마레깅스와 색조화장 안 한 얼굴이 경찰 공무원으로서의 품위를 해한다면, 금목걸이와 버뮤다팬츠와 가부키 화장은 어떤가? 플래티늄 반지와 뷔스티에 원피스와 눈썹 문신은? 답 없는 고민이 끝도 없다.

그러나 내 배포라고 해 봤자 쥐똥만 하고 콩알만큼밖에 되지 않는 것이라 나는 점점 옷장 앞에서 고민할 시간을 단축할 수 있는 그럴싸한 '출근용 옷'을 사 모으게 되었다. 링클 프리 기술은 대단해…… . 바쁜(게으른) 직장인들에게 내리는 신의 은총이 아닐까. 내 집 옷장에는 같은 디자인에 색만 다른 링클 프리 셔츠와 링클 프리 팬츠가 가득하다. 그리고 사무실 내 라커에는 '작업복'으로 명명한 베이지색 플리스 집업과 검정색 테일러드 재킷이 계절 없이 걸려 있다. (버뮤다팬츠와 가부키 화장, 뷔스티에 원피스 같은 건…… . 말도 말자.)

나는 해마다 SPA브랜드들의 세일기간을 손꼽아 기다린다. 올

해도 때가 되면 사무실 단체 채팅방에 "세일이요, 세일!" 하고 속보를 전할 테다. 그러면 며칠 안 지나 직원들은 줄줄이 링클 프리 셔츠에 링클 프리 팬츠를 입고 나타나겠지. 이 정도면 SPA 브랜드 하나쯤은 공무원들한테 '영예로운 링클 프리 상' 같은 거 만들어 줘야 하는 거 아닌가?

유용하게 쓸 수 있는 송별사 샘플

안녕하십니까. ○○경찰서 여성청소년계장 ○○○입니다. __년을 경찰로 봉직하고 영예롭게 정년퇴임하시는 ○○○ 서장님과 작별하는 이 자리에 함께해 주신 모든 분들께 감사드립니다. 저는 오늘 ○○경찰서 전 직원을 대표해서 서장님께 축하와 감사와 아쉬움의 말씀을 드리게 되어 영광으로 생각합니다.

저는 __년 __월에 ○○경찰서로 전입해서 지금까지 ○○○ 서장님을 모시고 있습니다. 그동안 서장님께서 여러 말씀으로 격려와 응원을 해 주셨는데, 그중에서도 특별히 기억에 남는 것이 있습니다. "저는 애도 없고 결혼도 안 해서 잘 모르는데 어떻게 여성청소년계장● 업무를 잘할 수 있겠습니까." 하고 여쭤보았을 때였습니다. 그때 서장님께서는 이렇게 말씀하셨습니다. "여청계장, 너는 분재가 아니라 재목이야. 대들보도 되어 보고 가구도 되어 봐라." 저는 그 격려에 큰 힘을 얻었고, 그 에피소드를 다른 직원들에게 이야기했더니 모두들 서장님으로부터 진정 어린 격려와 응원을 받은 적이 한 번씩은 있다고 했습니다. 이렇듯 ○○○ 서장님께서는 모든 직원을 신뢰하고 한 명 한 명 소

● 여성청소년계에서는 성폭력, 학교폭력, 가정폭력, 학대, 실종사건과 관련된 업무를 한다.

중하게 생각하는 분이셨습니다.

또 서장님은 국민의 마음을 헤아리고 보듬기 위해 부단히 노력하는 분이셨습니다. 서장님께서는 당신께서 젊은 형사반장이던 시절에 기발한 재치로 해결하신 사건들을 즐겨 말씀해 주셨습니다. 그중 하나가 바로 금은방 침입 절도 사건입니다. "한밤중에 금은방이 털렸는데, 절도범들이 파란 트럭을 타고 도망갔다!"는 신고였습니다. 서장님은 지체 없이 형사들을 출동시켜 예상 도주로를 차단하도록 지휘하셨고, 형사들은 사건 발생 현장으로부터 멀지 않은 곳에서 트럭을 발견해 절도범들을 일망타진할 수 있었습니다. CCTV가 있기는커녕 과학수사기법도 아주 원시적인 시절이었다는 점을 감안했을 때 서장님의 기지와 결단력과 리더십이 아니었다면 사건은 영영 미제로 남을 수밖에 없었을 것입니다. 서장님은 "침입 절도 사건을 해결하는 일이야말로 국민의 아픈 마음을 달래 주고 경찰이 신뢰를 얻는 방법이다."라고 부단히 강조하셨습니다.

사실은 오늘 우리가 작별하게 되는 분이 한 분 더 계십니다. 바로 ○○○ 사모님이십니다. 제가 감히 추측하건대, 서장님께서 오늘까지 __년간 민생치안과 공공질서 유지에 전념하실 수 있었던 까닭은 ○○○ 사모님의 아낌없는 이해와 사랑 덕분이었을 것입니다. 그렇기에 ○○○ 사모님께도 감사의 말씀을 드립니다.

서장님을 곁에서 지켜보며 경찰공무원으로 ＿년을 일하게 되면 어떤 일을 겪고 어떤 생각을 하며 어떻게 삶을 바라보게 되는지 많이 배울 수 있었습니다. 이제 더 이상 서장님의 지혜로운 말씀과 따뜻한 격려를 들을 수 없다고 생각하니 아쉽고 서운한 마음이 가득합니다. 때로는 밤잠 못 이루고 때로는 끼니를 거르던 경찰관으로서의 삶을 마무리하고, 이제부터는 국민과 동료를 우선하느라 갖지 못했던 자신만의 시간, 그리고 가족들과의 시간을 안온하게 누리실 수 있기를 마음으로 기원합니다.

　　감사합니다.

닭볶음탕, 한 번 먹어 보겠습니다

　　나는 조금 별나고 좀스러운 구석이 있다. 예를 들자면 이렇다. 어느 날 여럿이서 생선구이를 먹으러 갔는데 가시 바른 고등어 살점을 내 밥 위에 올려 주는 이가 있다면 다음번 함께 밥을 먹을 때 나는 그 사람에게서 최대한 멀리 떨어진 자리를 찾으리라.

　　배은망덕하게도 내가 이 사람을 거북하게 여기게 되는 까닭은 이렇다. 이번이 생선구이 집이면 다음번에 함께 밥을 먹는 곳은 낙지볶음 집이 될 가능성이 매우 높다. 낙지볶음 집에서 이 사람은 "매워야 맛있지. 여긴 맛있게 매워. 사장님! 불맛 4 인분이요!"라고 할 게 불 보듯 뻔하다. 그리고는 공깃밥을 하나 더 주문해 반을 덜고는 가까이 앉은 사람들에게 내밀며 "밥심으로 일하는 거야. 더 먹어!" 할 게 틀림없고, 나는 거기서 한두 술을 내 밥그릇으로 옮겨 담아야 하겠지. 좀 더 넉살 좋은 사람이라면 내 밥그릇을 가져가 김이 모락모락 나는 낙지볶음을 잔뜩 얹어서 돌려주리라.

　　문제가 뭐냐면 일단 내가 낙지볶음을 못 먹는다. 사실 고등어 살점 약간이나 공깃밥 한두 술 정도면 요령껏 잘 숨겨 두었다가 밥그릇 안에 부어 버리고 뚜껑을 덮으면 그만이다. 내키면 먹어 치울 수도 있고. 그런데 낙지볶음은 차원이 다른 문제다. 나는 매운맛에 대한 역치가 보통 사람보다 한참 낮아서 매운 걸 먹으면 혀에서부터 똥구멍까지 온통 아리다. 낙지볶음이 입으로 들어가 내장을 거쳐 똥구멍으로 나오는 내내 나는 이 사람을 원망하고 미워하게 될 거란 말이다.

먹고살자고 하는 일인데 먹는 것 때문에 누군가를 미워하게 된다는 이야기는 썩 유쾌하지도 즐겁지도 않으니까 최대한 떨어져 앉아 밥을 먹는다는 게 내 전략이고 전술이다. 아니 낙지볶음 이야기까지 할 것도 없이 애당초 나는 고등어를 별로 안 좋아한다고. 그래서 갈치구이를 시켰는데 굳이……

그리고 '남이 발라주는 고등어 살점'과 낙지볶음의 근처 어딘가에 닭볶음탕이 있다.

닭볶음탕의 문제는 닭 껍질이다. 닭 껍질에 대한 내 호오好惡는 분명하다. 먹지 않을 수 있으면 먹지 않는다. 골라낼 수 있으면 골라낸다. (편식하지 말라고 타박하는 사람이 있으면 죄다 건어내서 그 사람의 밥숟갈에 얹고 입 속까지 배달해 주고 싶다.) 그럼 닭볶음탕에서도 껍질만 떼어내고 먹으면 되지 않느냐고 한다면 천만에. 고추장 양념이 배어든 닭 껍질은 아무리 숨겨도 숨길 수가 없다. 추저분해 보인다. 옆에 앉은 사람한테도 닭한테도 천하의 몹쓸 짓을 하는 기분이다. 그래서 닭볶음탕은 내게 너무나 불편한 음식이었는데 얼마 전 그것에 대해 다시 생각하게 만드는 일이 있었다.

같은 사무실에 벌건 국물을 좋아하는 아저씨가 한 분 계신다. 김치찌개, 부대찌개, 육개장, 짬뽕 같은. 그런데 듣자 하니 그분의 최애 메뉴는 닭볶음탕이고, 내가 이 사무실에 오기 전에는 종종 점심에 모두 함께 나가서 먹고 들어오곤 했단다. 닭볶음탕이라……. 빈도를 분석해 보니 닭볶음탕의 날은 머지않은 모양이었다.

와야 할 것은 오고야 만다. 그게 바로 인생의 진리지.

"오늘 점심 메뉴는 닭볶음탕 어때?"

딱히 거절할 핑계가 없고 새삼 점심 약속을 만들기도 뭣하고 해서 따라간 식당에는 테이블이 두 개 준비되어 있었다.

"저쪽 테이블은 닭볶음탕이고, 이쪽은 돼지김치찌개예요."

돼지김치찌개? 그렇다면…….

"저는 돼지김치찌개 먹을게요."

식당을 예약한 사람에게 박수라도 쳐 주고 싶은 마음이었지만 아무 말 않고 '돼지김치찌개 테이블'에 앉았다. 그리고 큼지막하게 잘린 돼지고기가 든 찌개를 배부르게 먹었다.

한데 얼마 지나지 않아 두 번째 닭볶음탕의 날이 도래했다.

"오늘은 나가서 그, 저, 왜, 그 집 가서 밥 먹을까?"

곁눈질로 사무실에 있는 사람들을 세어 보니 다섯 명이었다. 다섯 명은 테이블이 한 개. 닭볶음탕을 이토록 좋아하시는 분이라면 닭 껍질을 떼어내 버리는 행동을 절대 용납하지 않을 텐데. 위치 선점을 어떻게 해야 떼어낸 닭 껍질을 잘 숨길 수 있을까. 아니, 둥근 테이블이라 어떻게 해도 안 될 거야.

식당에 도착하자 닭볶음탕을 좋아하시는 아저씨가 앞장서서 자리를 잡고 앉았다. 그리고는 내 쪽을 보며 뜻밖에 이런 말씀을 하셨다.

"자네는 닭볶음탕 안 먹잖아, 그지? 음. 그럼 오늘은 동태탕 먹을까?"

그 순간 나는 확신했다. 이분은 분명 맵지 않은 낙지볶음을 맛있게 하는 집을 알고 있을 거라고. 언젠가 내가 먼저 닭볶음탕을 먹으러 같이 가자고 제안하는 날도 올 거라고.

아! 과장님, 물론 지금 당장은 아니고요……. 마음의 준비가 필요하니까요.

금요일 밤이라 센치해서 이러는 건 아니고요

경찰에는 일찍 적성을 찾아 '평생 ○○를 했다'거나 '○○통*'이라고 불리는 사람이 있는가 하면, 때마다 소속이나 보직을 변경해서 인사기록카드에 한 줄씩 더하는 사람도 있다. 다른 곳에서는 어떤지 모르겠지만 경찰은 경력에 비해 인사이동을 많이 한 직원을 두고 "인사기록카드가 지저분하다"고들 표현한다. 내가 바로 그 인사기록카드가 지저분한 사람이다. 나가라는 곳에 눌러앉지 않고 불러 주는 곳을 사양하지 않았던 탓이다.

7년간 사무실 여덟 곳에서 짐을 싸고 풀었다. 아마 내 역마살 낀 팔자는 일곱 번째 집에서 네 번째 초등학교를 졸업하던 즈음 형성되었지 싶다. 해가 바뀌고 새로운 계절이 오면 이사할 때가 되었구나 싶어 가슴이 벌렁벌렁한다.

한편 어떤 장소를 떠날 때면 마음 일부가 떨어져 그곳에 남는 것 같다. 기쁨, 슬픔, 분노, 즐거움 같은 것들이. 기억이 흐려지고 감정이 사그라지는 이유도 떠나온 곳곳마다 그 일부를 놓고 왔기 때문인 게 아닐까. 그렇다면 인생이라고 해봐야 이제껏 어디에 무슨 조각을 두고 왔는지에 대한 긴 이야기나 마찬가지

● 예를 들어 수사 업무를 오래 한 사람에게 '평생 수사를 했다', '수사통'이라고 한다.

이리라.

누군가를 머릿속에 떠올리는 일 역시 그 사람과 공유했던 장소를 촉매로 하는 듯하다. 카페에 앉아 치즈케이크를 먹고 있노라니 어느 해 12월 31일 당직 날 밤에 이 가게의 케이크를 사 들고 위문 와 주었던 직원의 안부가 문득 궁금해지는 걸 보면. '어쩌고저쩌고 가든' 같은 이름이 붙은 고깃집을 마주치면 주말 농장 옆 별장에 직원들을 초대해서 눈밭에 묻어 둔 소주병을 꺼내 주시던 팀장님이 생각나는 걸 보면. 경찰서 앞에 있는 껍데기 집 간판을 볼 때마다, 돼지껍데기를 좋아한다고 했더니 어느 날 여섯 명이 참석한 회식에서 껍데기 8인분을 시켜주셨던 계장님이 떠오르는 걸 보면 말이지.

가는 곳마다 힘내고 파이팅

팀장님, 안녕하세요.

세상천지 모르던 1팀 김 주임입니다.

벌써 몇 해 전에 퇴직하신 줄은 알고 있었는데 그간 인사드릴 기회가 없었네요. 무탈하게 잘 계시지요? 워낙에 산 좋아하시고 자전거 타기 좋아하던 분이셨으니 건강하게 지내고 계시리라 믿어요. 저도 잘 있어요.

갑자기 팀장님 생각이 났어요. 얼마 전에 동기 모임에 갔었거든요. 오랜만에 만난 자리에서 다들 신임 때 이야기를 떠들썩하게 했는데요. 팀장님, 저한테 써 주셨던 편지 기억하세요? 그게 갑자기 머릿속에 떠오르더라고요.

"고생 많았다 고생이 되더라도 초심을 잃지말고 인내와 끈기를 갖고 주어진 업무에 최선을 다한다면 좋은 결실을 맺을 것이다 다소 피곤하고 힘든 부분이 있다하지만 경찰의 모든 업무가 난이도에 따라 변동이 심하단다 모쪼록 건강관리 잘하고 업무에 장애요소가 있을 때는 선배들에게 거침없이 물어보면서 슬기롭게 소화해나가며 내것으로 만들어야 하느니 앞으로 보아도 못 보았으며, 들어도 못 들었으며, 알아도 모르는척, 하면서 3년간 꾹참는다면 나머지 경찰생활을 하는데 조금도 장애요소가 없을 것으로 안다, 가는 곳마다 힘내고 화이팅! 2팀장 배상."

(※ 팀장님께 받은 편지 원문을 그대로 인용하였습니다.)

저 발령 나서 옮길 때 팀장님이 써 주셨던 이 편지, 지갑에 넣어 뒀었거든요. '아휴, 그런 걸 뭐 하러.'라고 생각하시겠죠? 채용시험 볼 때 할머니가 용하다는 점집에서 받아다 주신 독수리 부적이랑 같이 지갑 속주머니에 잘 챙겨 넣어 뒀었어요.

팀장님이 말씀하신 3년이 두 번 지나간 지금에서야 답장을 드립니다.

처음엔 몰랐어요. '보아도 못 본 척, 들어도 못 들은 척, 알아도 모르는 척' 하라는 말씀이 어떤 의미인지요. 사실 좀 이상하다고 생각했어요. "남들보다 세심히 살피고, 남들이 못 듣는 소리도 놓치지 말고, 아는 것을 널리 베풀어라." 이런 말씀을 해 주셨어야 하는 게 아닌가 하고요.

그런데 일하다 보니까 정말 그런 사람들이 있더라고요. 한참 동안 주위를 어수선하게 만들고서 부끄러운 줄도 모르고 명함이나 배지 같은 걸 꺼내는 사람들. 그런 거 못 본 척했어요. 원하는 대로 우리가 해 주지 않는다고 함부로 아무 말이나 해대는 사람들. 그런 말들 못 들은 척했어요. 그리고 사실이 아닌 것을 틀림없다고 믿는 가엾은 사람들의 이야기에는 그냥 "응, 그래 그래, 맞다맞다." 하고 말았어요.

팀장님. 당부하셨던 게 이런 의미의 말씀이 맞죠?

그런데 이해하지 못한 게 하나 더 있었어요. 팀장님이 편지 말미에 '2팀장 배상' 하시고서 왜 마침표가 아니라 쉼표를 쓰셨을까 하는 거요. 마치 쓰다 만 편지처럼, 아니면 '추신' 하며 한마디를 덧붙이려다 그만두신 것처럼.

저도 이제 편지글 마무리로 이름 석 자 뒤에 '배상'이라는 단어를 써도 썩 어색하지 않을 정도의 짬밥은 된 것 같아요. 그러니 한 번 맞춰 볼게요.
혹시나 팀장님께서 편지의 끝에 쓰려다 못 쓰신 한마디는 "그러나 경찰은 울고, 화내고, 피하고 싶을 때도 많단다."가 아니었을까요.

경찰이 되고서 길지도 않은 일곱 해 동안 울고 싶은 날이 어찌나 많던지요. 어느 해 울고 싶던 일은 동쪽 바다의 먼 섬 울릉도에 있었고, 언제인가는 서울 시내 오패산에서, 얼마 전엔 고추가 특산품인 영양군 어느 집 앞마당에서 있었어요.
작별인사도 하지 못하고 떠난 이들의 슬픈 소식은 많은 생각을 하게 만들어요. 어쩌면 우리는 떠난 이들의 뒤에 남아 애도 하며 빈자리를 메울 노릇만이 다가 아닌지도 모릅니다. 느닷없이 들이닥칠 불의의 순간에 곁에 있는 사람들한테 전할 인사를 미리 준비해 두어야 하려나 싶어요. 엄지손가락을 들어 올리는 건 '그동안 고마웠어' 집게손가락을 펴는 건 '미안해하지 마'를 대신하기로 하는 약속이라도 해 놓을까요.

떠난 이들이 겪었을 무서움과 아픔과 안타까움을 생각하면 눈물이 납니다. 분명 어딘가에는 제 몫으로 준비된 것들도 있겠지요.

그런가 하면 세상 온갖 아름답지 못한 것들은 우리가 만나는 '선생님'들이 다 알고 계신 것 같아요. 때로는 몸에 와 닿고 때로는 귀에 쏙쏙 박히는 수업을 해 주시는데, 주옥같고 심금을 울리기는 이루 다 말할 수가 없어요.

어느 '선생님'은 술집 테이블에 깨다가 만 술병을 쥐고 엎드려 주무시다가 출동한 우리 무고한 부장님 뺨에 주먹을 올려붙였고요. 다른 '선생님'은 강간죄로 현행범 체포되어 와서는 산달이 가까워온 아내가 절대 알지 못하게 해 달라며 무릎까지 꿇고 읍소하셨고요. 또 어느 '선생님'은 당신이 접수한 사건을 불기소 의견으로 마무리했더니 제 조상님 한 분 한 분마다 무슨 년 무슨 놈 하고 별명을 붙여 주셨어요.

각양각색인 인간 군상을 보며 배우고 느낀 점이 많은데 경찰로 일하면서는 직접 실천해 볼 일이 없을 테니 답답하고 아쉬울 뿐이에요.

제복을 입었다고 칼이며 야구방망이며 깨진 유리며 달려드는 차가 무섭지 않겠나요. 화학약품이며 인화물질을 가지고 덤벼드는 사람이나, 차와 사람이 뒤엉켜 아수라장인 교통사고 현장이나, 바닥이 까마득히 멀리 보이는 마천루 난간을, 우리라고 위험한 줄을 모르겠나요.

교차로 한가운데에 차가 멈춰 있다는 신고를 받고 나가서 운전자를 깨웠더니 술김에 가속페달을 밟더라고요. 제가 순찰차로 그 앞을 질러가서 차를 세웠어요. 정신이 나갔었나 봐요. 크게 다칠 뻔했지만 그러지 않았으니 정말 다행이다, 하는 이야기는 차마 입 밖으로 내놓을 수 없습니다. 그렇게 다치거나 생을 마감한 경찰관이 드물지 않으니까요.

오랜 시간이 흐른 뒤 이제 막 경찰에 들어온 후배에게 편지를 쓸 일이 생긴다면 저는 어떤 당부를 할까요. 팀장님처럼 저도 "울고 싶으면 울고, 화가 날 땐 화를 내고, 위험한 상황은 피하렴." 하는 이야기는 못 하겠지요.

다친 동료의 머리맡에서나 영결식에서라도 함부로 눈물을 뚝뚝 흘리거나 흐느껴 운다면 나약하고 못 믿을 사람들로 여겨질 위험이 있으니까요.

인간의 도리를 벗어나거나 우리를 인간으로 대하지 않는 사람에게라도 화를 내는 대신 "선생님!"을 외치며 다정함과 단호함 사이의 어딘가에 마음을 정해야 하니까요.

우리가 경찰이 되기로 할 때 국민의 생명과 신체와 재산을 보호하기로 했지 스스로의 안전을 귀중히 여기기로 약속하지는 않았으니, 맞닥뜨린 위험을 기꺼이 받아들여야 하니까요.

보아도 못 본 척, 들어도 못 들은 척, 알아도 모르는 척하는 일은 차라리 쉬웠어요. 힘들고 괴로운 일은 오히려 울지 않고, 화를 참고, 위험을 마주보는 것이었어요.

팀장님. 이제는 슬픈 일에 내키는 만큼 눈물 흘리시고, 화나는 일에는 당당하게 목소리 높이시고, 항상 안전한 곳에서 건강하시길 바라요. 그러지 못하는 삶을 너무 오래 사셨으니까요.

가는 곳마다 울고 화내고 피하고 싶은 일들 투성이지만, '힘내고 화이팅' 할게요.

1팀 김 주임 배상.

마치며

글을 연재하는 동안 여러 가지 일이 있었습니다. 아주 오랜만에 저의 첫 사수 제임스 킴과 연락이 닿은 것이 그중 하나입니다. "김 주임, 고마워. 좋게 생각해 줘서. 난 잘 지내고 있어. 글 읽어 봤어. 잘 지내지?"라는 메시지를 받고서 깜짝 놀랐고 한편으로 기뻤습니다. 그리고 순직 경찰관을 추념하는 글에 대해 유족께서 고맙다는 메시지를 보내온 일도 있었습니다. 제 글로 조금이나마 위로받으셨기를 진심으로 바랍니다.

말과 글의 힘이 대단하다고들 하지요. 그 힘이 미약하게나마 저에게도 있다고 믿으며 글을 썼습니다. 여러분들께서 경찰을 조금 더 다정하게 바라봐 주시길, 경찰이 그 다정함에 보답할 수 있도록 더 튼튼해지길 바라는 마음으로 이 책을 만들었습니다.

읽어 주셔서 감사합니다.

혼자를 지키는 삶
혼자를 지키는 당신의 곁

혼자를
지키는
삶

초판 1쇄 발행 2019년 10월 7일
2쇄 발행 2020년 1월 20일

지은이 김승혜
펴낸이 이광재

책임편집 김미라
디자인 이창주   **마케팅** 정가현   **영업** 허남

펴낸곳 카멜북스   **출판등록** 제311-2012-000068호
주소 서울 마포구 성지길 25 보광빌딩 2층
전화 02-3144-7113   **팩스** 02-6442-8610   **이메일** camelbook@naver.com
홈페이지 www.camelbooks.co.kr   **페이스북** www.facebook.com/camelbooks
인스타그램 www.instagram.com/camelbook

ISBN   978-89-98599-61-4 (03810)